KB115641

부검
스페셜리스트

부검 스페셜리스트 5

가프 현대 판타지 소설

초판 1쇄 찍은 날 § 2020년 9월 23일
초판 1쇄 펴낸 날 § 2020년 9월 30일

지은이 § 가프
펴낸이 § 서경석

총괄팀장 § 노종아
편집책임 § 이민지
디자인 § 소소연

펴낸곳 § 도서출판 청어람
등록번호 § 제387-1999-000006호
등록일자 § 1999. 5. 31
어람번호 § 제1-3086호

주소 § 경기도 부천시 부일로 483번길 40 서경B/D 3F (우) 14640
전화 § 032-656-4452 팩스 § 032-656-4453
http://www.chungeoram.com
E-mail § chungeorambook@daum.net

© 가프, 2019

ISBN 979-11-04-92262-6 04810
ISBN 979-11-04-92151-3 (세트)

목차

제1장

—

목숨을 건 전화 부검

"보시죠."

수제비집 내실에서 서필호가 서류 봉투를 내놓았다.

"뭐죠?"

맞은편의 창하가 물었다.

"직접 확인하세요."

서필호가 한 번 더 권했다.

"……?"

내용물을 꺼낸 창하가 소스라쳤다. 안에서 나온 건 건물의 조감도였다. 지상 6층짜리 하나와 지상 12층짜리 하나. 두 건물의 구도와 배치는 완전한 황금률이었다.

"마음에 드십니까?"

"회장님?"

창하가 격하게 반응했다.

"어쩌면 서울에 남은 마지막 금싸라기 땅이었을 겁니다. 이 것도 다 이 선생님의 복일지도 모르죠."

"그럼 이게?"

"제가 드리는 선물입니다. 허드슨강의 영웅 이창하 법의관 님에게."

"회장님."

"국회 행안위에서 기막힌 연설을 했다면서요? 소장파의 리 더 김형승 의원의 마음도 사로잡았고?"

"그건 또 어떻게 아셨습니까?"

"사업을 하려면 촉이 좋아야 하거든요. 가만히 앉아서는 세 계 시장을 개척할 수 없습니다. 그렇기에 저도 기본 정보망 정 도는 가동합니다."

"……"

"백우선 의원님과 노수찬 의원님도 만났습니다. 관련 법안 은 권우재 의원실에서 발의했다고 하더군요."

"아……"

"대통령께서도 미는 사업이고 국회의 지지도 받았습니다. 그렇다면 법과학공사 건은 이제 제가 움직일 시간이 아닙니 까? 그래서 준비 중이던 프로젝트에 박차를 가했지요."

"황송합니다."

"천만에요. 허드슨강에서 헌신하는 선생님 모습을 뉴스로 보면서 참 행복했습니다. 이런 분을 통해 사회 공헌의 기회를 가질 수 있다는 점에 말입니다."

"그 테러는 다시 생각해도 비극이었습니다."

"그렇죠. 하지만 인류는 매번 참변을 딛고 새로운 도약을 이루었습니다. 선생님과 제 입장에서 보자면 허드슨강의 테러가 새로운 도약점이 되는 셈이지요."

"예산이 어마어마하게 들었을 텐데……?"

창하의 시선이 조감도로 향했다. 외형만으로도 시선을 쏙 잡아당기는 건물이었다.

"마음에 들어 하시니 다행입니다. 실은 그 프로젝트에 제 손자 놈이 참여하고 있습니다."

"서명훈 씨 말입니까?"

"마음가짐이 제대로 된 것 같길래 제가 미션을 주었지요. 이 선생님의 일이니까 목숨 바쳐서 해보라고 말입니다. 해서 지금은 법의학공사 설립 준비에 이런저런 심부름을 맡기고 있습니다. 아주 재미있어 하고 있어요."

"영광이군요."

"제가 영광이죠. 하릴없이 시간이나 죽여대던 손자 놈을 바른 길로 인도해 주셨지 않습니까?"

"부검 때문이라면 사필귀정일 뿐입니다. 손자분의 범행은 아니었으니까요."

"천만에요. 제가 한때는 재소자들 후원도 하고 있었는데 거기 억울하게 들어온 사람이 한둘이 아니었습니다. 살인죄를 지어야만 살인형을 사는 건 아닙니다."

"그건 반박하지 못하겠군요. 아직도 더러 그런 사건이 나오고 있으니……."

"그래서라도 세계적으로 공인받는 제3의 법의학기구가 필요한 거 아니겠습니까? 죄를 짓지 않고 누명을 쓴 채 복역하는 사람들이라면 누구든 학수고대하고 있을 겁니다."

"더 정진하겠습니다."

"꼼꼼히 검토하시고 건물 배치나 추가 등에 대해 의견을 주시기 바랍니다. 그 조율이 끝나면 바로 착공할 겁니다. 지난번에 선생님 덕분에 노사문제를 해결한 TM 모터스의 장태욱 회장도 돕고 있으니 그렇게 아십시오."

"TM 모터스라고요?"

"선생님 덕분에 파국을 면했지 않습니까? 오늘도 이 자리에 나오고 싶어 했는데 노조의 두 사망자 추모행사가 있어 나오지 못했습니다."

"제가 한 것도 없는데……."

"왜 없습니까? 그때 파업이 정리되지 않았으면 직장폐쇄까지 갔을지도 모릅니다. 아무튼 여기저기서 물심양면으로 돕는 통에 약 2년 후면 개원이 가능할 것으로 생각합니다."

"그렇게나 빨리요?"

"학문의 성과는 세월이 가면 깊이를 더한다지만 사람은 전성기라는 게 있는 법이지요. 선생님의 인지도를 고려할 때 서두를수록 좋은 일입니다."

"그럼 저도 서둘러야겠군요."

"당연하죠. 이번에 미국과 영국 등지를 돌며 인재 수배는 좀 하셨습니까?"

"그럼요. 뜻을 같이 해줄 분도 몇 분 찜해놓고 왔습니다."

"역시 선생님이시군요. 테러 현장에서 수백 시신을 다룬 후라 그 충격 때문에 이번에는 좀 어렵지 않을까 싶었는데……."

"정치가들처럼 견학 핑계로 놀러간 거 아니니까요."

"인력 예산은 충분히 준비해 두겠습니다. 연봉은 부검의의 경우 국과수의 3배, 기타 인력들은 국과수의 2배를 기준으로 잡고 있습니다. 기타 핵심 멤버들은 선생님이 의견을 주시면 따르겠습니다만 가장 시급한 건 준비위원장입니다. 실무를 총괄할 적임자를 추천해 주시면 재단 설립에 속도가 붙을 겁니다. 선생님이 바로 사직하고 지휘해도 되지만 아직은 현직에 종사하면서 법의학의 외연을 넓히시는 게 나을 것 같아서요."

"회장님……."

"제가 이 일을 추진하다 보니 자꾸 재미가 붙어요. 그래서 노후에 쓰려고 매입해 두었던 농장과 경작지도 모두 매각할 계획입니다. 솔직히 산 사람 고치는 명문 병원이야 전 세계에 널렸지만 죽은 사람, 혹은 감췄던 진실을 살려내는 명망을 가진 법의학재단은 없지 않습니까? 개척 좋아하는 제 취향하고도 딱입니다."

"……."

"대략적인 얘기가 끝났으니 다른 분들을 좀 모셔도 될까요?"

"다른 분이라고요?"

"권 의원님과 김형승 의원님이 옆방에 와 계십니다. 제가 선생님과 미리 할 말이 있다고 잠깐 시간을 벌어두었습니다."

"회장님."

"두 분, 이제 건너오시죠."

서필호가 핸드폰을 걸었다. 문이 열리면서 권우재와 김형승이 들어섰다.

"의원님."

창하가 일어섰다.

"아아, 괜찮습니다. 우리는 객이니까 앉으세요, 이 선생님."

권우재가 손사래를 쳤다. 둘은 창하와 악수를 나누고 자리를 잡았다.

"오늘 식사는 여기 김형승 의원님이 내실 겁니다. 그러니 낙지수제비든, 문어수제비든 마음대로 시키세요. 한턱내겠다는데 감자수제비로 만족할 수 없지 않습니까?"

서필호가 분위기를 띄웠다.

"그게… 제 마음 같아서는 한우 쓰리 플러스에 산삼비빔밥이라도 내고 싶지만 두 분이 여기서 만나기로 하셨다니……."

김형승이 창하를 바라보았다.

"한턱은 제가 쏴야 하는데……."

"이 선생님이 왜요? 인터넷 댓글 보니까 이 선생 한 명이 우리 국회 전부보다 낫다는 댓글이 압도적이더라고요. 그러니 일 못하는 버러지로 알려진 저희가 모시는 게 당연하지 않습니까?"

"김 의원님."

"지난번 일도 있고… 새로운 분야 개척하려 하시니 기운도 좀 고양시켜야겠고… 여기 권우재 의원님이 말씀하시길 기운 돋우는 데는 낙지가 최고라던데 낙지수제비 어떻습니까?"

"좋죠."

창하가 콜을 받았다.

낙지수제비가 나왔다. 보기만 해도 배부를 정도로 푸짐했다.

"우리 이 선생님 좀 잘 부탁드립니다."

서필호가 직접 수제비를 덜어주며 당부를 했다.

"국자 주시죠. 이 선생님 것은 제가 드리고 싶습니다."

팔을 걷은 김형승이 국자를 받았다.

"많이 드시고 세계 법의학계에 한국을 우뚝 세워주시기 바랍니다. 저처럼 혼자 끙끙거리던 사람들의 고민도 시원하게 풀어주시고요."

김형승은 낙지를 꾹꾹 눌러주었다. 화기애애하게 낙지수제비를 먹자니 삼국지의 도원결의가 부럽지 않았다. 거기는 고작해야 세 명이었다. 그러나 여기는 무려 네 명이다. 창하 외의 인물을 면면을 따져도 유비나 관우, 장비보다 나았다.

'이제 직진이다.'

야들거리는 낙지를 씹으며 생각했다. 짓지도 않은 조감도의 건물 안에 들어앉은 기분이었다.

월요일, 출근하기 무섭게 낭보를 전달받았다. 훈장 수여식에 이어 승진 심사 결과의 통보였다.

"축하하네."

소식은 피경철이 직접 가져왔다. 이제 창하도 고위공무원단에 속하기 때문이었다.

"고맙습니다. 우 선생과 천 선생님도 승진하게 되는 겁니까?"

"그래. 심사가 끝났으니 절차를 밟겠지."

"소장님 덕분입니다."

"이제 소장은 자네일세."

피경철의 입에서 뜻밖의 말이 나왔다.

"무슨 말씀입니까?"

"법의학공사 설립은 잘되는 것 같다고 했지?"

"예……."

"그럼 본원은 몰라도 서울사무소는 자네가 소장 한 번 역임하고 나가야지."

"소장님, 서울사무소 소장을 하려면 제가 두 계급 정도 올라야……."

"그렇게 통과되었네."

"예?"

창하가 고개를 들었다. 사무관으로 들어왔으니 두 계급이면 서기관 다음의 부이사관이다. 그건 불가능한 이야기다. 아직 공무원 짬밥에 뼈까지 젖지는 않았지만 그 정도는 알고 있었다.

"불가능한 사인도 밝혀내는 사람이 왜 그래? 2계급 승진으로 결정되었다고 들었네."

"소장님……."

"말하자면 이렇네. 자네가 자격을 갖췄으니 서기관이 되는 건 당연하고, 거기서 1계급 특진을 하는 걸세. 훈장의 영예와 대한민국 국익을 세계만방에 과시한 공로로 말이야."

"말도 안 됩니다."

"공무원은 법일세. 법에 저촉되는 일은 하지 않지. 거꾸로 말해서 그렇게 결정이 되었다면 법적 검토를 마쳤다는 뜻일세."

"소장님."

"행안부에서 전화가 왔었네. 자네 거취를 어떻게 했으면 좋겠나 하고."

"……."

"그래서 내가 말했네. 내가 사표를 낼 테니 서울사무소장 자리를 주라고."

"소장님!"

"나 이제 정년이 코앞일세. 자네가 아니더라도 퇴직은 피할 수 없네. 게다가 자네도 법의학공사로 옮겨가려면 서울 소장 스펙 정도 있어야 모양이 좋지. 안 그런가?"

"안 됩니다. 뭐가 되었든 소장님은 정년퇴직하실 때까지 계셔야 합니다."

"이 선생, 아직 우리 공무원 제도를 잘 모르는 모양인데 나 벌써 공로연수 들어갈 순번이네. 머잖아 압력이 들어올 거야. 이건 대세라네."

이 말은 사실이었다, 공무원들은 퇴직이 임박하면 사회적응을 위한다는 취지로 연수 교육을 보낸다. 사실상의 조기퇴직 제도와 다르지 않았다. 그러나 오랜 관행이었으니 후배들에게 자리를 만들어준다는 취지까지 있어 거부하기 힘들었다.

"소장님."

"사표 내고 나가서 체력 기르고 있을 테니까 소장으로 자리 잡거든 촉탁 부검의 자리나 좀 부탁하네. 늙어서 집에 있으면 쉬 늙거든."

"소장님."

"농담 아닐세. 무보직 부검의로 정년 맞이할 나에게 자네가 소장 직함 누리는 호사를 주었지. 내 자리가 비면 누구든 노리는 사람이 있겠지만 국과수의 위상 정립을 위해서라도 국민 영웅으로 불리는 자네가 맡는 게 옳네. 내 이미 본원 원장님과도 입을 맞췄으니 그런 줄 아시게."

"소장님, 안 됩니다."

"아니면? 부검에는 관심 없고 선이나 대러 다니는 정치 부검파들에게 소장 자리를 넘길까?"

"그건……."

"자네라면 소장이건 원장이건 시간문제지. 그런 인물에게 자리를 이양하고 가는 기쁨도 못 누리게 할 건가?"

"생각 좀 해보겠습니다."

"생각이고 뭐고 필요 없네. 우리나라는 꼰대들이 너무 많아서 발전에 장애가 되네. 자네처럼 젊고 유능한 사람이 분야를 이끌어야 해."

피경철은 단호했다.

"정 그러시면 제 부탁을 하나 들어주십시오. 그러면 소장님 지시에 따르겠습니다."

"해보시게."

"가칭 법의학공사 말입니다. 지금 새뚜기 측에서 자금을 대서 설립 준비에 들어가 있습니다. 그 창원 실무를 관장할 사람이 필요한데 소장님이 좀 책임져 주십시오."

"공사 설립 실무?"

"국과수 이상을 지향하려면 법의학 실전을 아는 분이 필요합니다. 소장님은 수십 년 부검만 하셨으니 그 혜안 또한 최상이 아닙니까? 소장님이 도와주시면 새로 도약하려는 한국의 법의학 수준이 훌쩍 높아질 것입니다."

"이 사람, 그런 자리라면 더 명망 있고 실력 있는 사람으로 앉혀야지 나 정도로 되겠나?"

"물론 한 사람이 있기는 합니다."

"누군가? 이름만 말해보시게. 내가 삼고초려를 해서라도 그 자리에 모셔다 드리겠네."

"정말입니까?"

"당연하지. 내가 다른 무엇으로 자네를 돕겠나?"

"만약 실행하시지 못하면 제 요청을 받아주시는 겁니다."

"이름이나 얘기해 보시게. 내 연줄을 다 동원해서라도 섭외해 볼 테니."

"방성욱 선생님입니다."

"……!"

폭주하던 피경철의 시선이 거기서 굳었다. 그와 창하가 공히 인정하는 최고의 부검의 방성욱. 그러나 지구상의 모든 연줄을 동원한다고 해도 그를 섭외할 수는 없는 일이었다.

"이 선생, 방 과장님은……."

"자신 없으면 하신 말에 책임을 져주십시오. 죄송하지만 방 선생님 다음이라면 당연히 소장님이십니다……."

"……."

"안 되면 제가 행안부든 청와대든 찾아가서 소장 자리 고사할 겁니다. 부검의에게 직함 따위는 중요하지 않으니까요."

"이 선생……."

"부탁드립니다."

창하가 고개를 숙였다.

"왜 이러시나? 고개 드시게."

피경철이 황급히 그 고개를 세웠다.

"확답해 주시기 전에는 그럴 수 없습니다."

"……."

"소장님."

"허헛, 이제 보니 내가 자네를 돕는 게 아니라 자네가 또 한 번 나를 살리는 셈이군."

"예?"

"머잖아 실직자 될 꼰대를 구제하는 것 아닌가? 그것도 법의학공사의 설립 준비라니?"

"소장님의 경륜이 저를 살리는 것입니다."

"됐네. 뭐가 되었든 자네가 잘되는 일이라면 내가 돕는 수밖에."

"허락하신 겁니다."

창하가 고개를 들었다. 얼굴은 이미 환하게 변해 있었다.

"이 선생."

피경철이 창하 어깨를 잡았다.

"예, 소장님."

"말년에 자네를 만나 너무 행복하군. 묵묵히 살아온 부검의의 반생을 다 보상받는 느낌이야. 이런 멋진 후배라니⋯⋯."

"한 송이 국화꽃을 피우기 위해 봄부터 소쩍새가 운다면서
요? 선생님과 선배님들의 분투로 마련된 초석입니다."

"사람⋯⋯."

피경철이 창하를 당겨 안았다. 그 순간 창하 핸드폰이 울렸
다.

"받게나."

피경철이 창하를 놓아주었다.

"여보세요."

모르는 번호다. 창하가 통화 버튼을 눌렀다. 그러자 절망으
로 꺼지기 직전의 목소리 하나가 흘러나왔다.

─이창하 검시관님?

"그렇습니다만."

─살려주세요.

수화기 안에서 나오는 소리는 공포로 가득했다. 창하의 긴
장이 극에 달할 때 이번에는 다른 목소리가 흘러나왔다.

─이창하 검시관?

이 목소리는 미치도록 음산했다.

"⋯⋯?"

─부산 연쇄살인사건 알지?

'부산?'

순간 창하의 모골이 송연해졌다. 검시관은 과학적 결과를

지향하지만 그래도 촉이라는 게 있었다. 그 촉이 맞다면 이놈
은 최근 세 번의 연쇄 살인으로 경남 부산권을 공포로 몰아
넣은 그놈이었다.

*　　　　*　　　　*

"누구십니까?"

창하가 촉을 세우며 물었다.

―누굴 거 같나?

"용건을 말씀하세요."

―국대 검시관에게는 이 비명이 안 들리나 보지?

아악!

수화기 안에서 비명이 찢어졌다.

"당신 뭐야?"

창하가 반응했다.

―나 부산 살인사건의 주인공이시다.

주인공?

황당한 표현이 나왔다. 그러고 보니 목소리에 광적인 느낌
이 섞여 있다. 냉철하지만 자신만만하고, 한편으로는 이기적이
면서 동정심까지 서린 것이다.

"범인이란 얘긴가?"

―주인공!

그가 선을 그었다.

"용건이 뭐야?"

―어디인가?

"국과수 사무실."

―옆에 누가 있나?

"아무도 없다."

―진짜인가?

"물론."

―그럼 화상 모드로 바꿔라. 만약 거짓말이면 이놈은 지금 죽는다.

"……?"

―어서!

아아악!

다시 비명이 찢어진다. 천하의 창하 이마에서 식은땀이 흐른다. 이건 장난 전화가 아니었다. 비명의 절박함에서도 알 수 있었다.

"소장님."

창하가 문을 가리켰다.

"이 선생……."

어서요.

황급하게 손짓을 하는 창하. 둘이 작전을 짜고 말고 할 시간도 없었다. 소장이 움직이자 창하가 영상통화를 눌렀다.

—사무실은 맞군. 주변을 다 비춰봐.

범인이 오더를 내렸다. 창하가 핸드폰을 들어 빈 방을 비춰주었다.

—좋아. 그럼 나도 예의상 현장을 비춰주지.

잡초 위에 고정된 화면이 움직이기 시작했다. 그러자 나무 아래 쓰러진 남자가 보였다. 30대 초반이었다. 그러나 이미 피투성이였다.

"이봐, 당신……."

창하가 소리쳤다.

—5분 주지.

범인은 일방통행이었다.

"5분?"

—당신 부검이 그렇게 기막히다며? 죽은 사람만 봐도 수법을 알 수 있다고 하던데?

"……?"

—내 세 번째 작품 말이야. 어떻게 죽였는지 맞혀봐. 그럼 이놈은 살려주고 나도 자수하지. 만약 틀리면 이놈은 그 인간과 똑같이 죽여줄 테고.

"자수한다고? 그 말을 어떻게 믿지?"

—당신은 믿을 수밖에 없잖아? 밑져야 본전이기도 하고.

범인이 정곡을 찔러왔다. 협박 전화를 받고 있는 창하. 지시대로 따를 수밖에 없었다.

"이봐."

—살인, 이거 해보니 별거 아니더라고. 엉뚱한 사람이나 잡는 어리바리한 경찰 놈들, 안드로메다식 분석이나 쏟아놓는 기레기 놈들 기사에도 질렸고.

"……"

—경찰에 연락해서 내 위치 파악하고 어쩌고 할 생각 마. 시간을 끌 생각도… 너에게 허용된 시간은 딱 5분이니까.

그가 5분을 강조했다.

"……"

—시간을 봐야지?

카메라가 남자에게 다가갔다. 피 묻은 손목시계가 보인다. 범인의 손이 유리 위의 피를 훑어 내리자 바늘이 나왔다.

—이놈의 목숨을 걸었으니 이놈 시계를 보는 게 맞겠지?

"……"

—그럼 시작.

범인의 카운트가 시작되었다. 창하는 황당했다. 부산 연쇄 살인은 관심을 가지고 있었다. 신문도 보고 서울 부검의들끼리 토의를 한 적도 있었다. 그러나 창하의 부검이 아니었다. 그러니 디테일까지는 알지 못했다. 디테일을 알려면 수사 기록이 있어야 한다. 부검 기록이 있어야 한다.

'그렇지.'

부검 기록, 그 단어가 창하의 정신 줄을 바로 세웠다. 그건 당장에라도 알 수가 있었다.

"컴퓨터를 써도 되나?"

창하가 물었다.

—No. 무슨 수작을 부리려고?

범인이 잘라 말했다.

"당신 사건은 알고 있지만 디테일까지는 몰라."

—그건 네 잘못이지. 대한민국 최고의 검시관이라면 다른 지역의 사건도 알고 있어야 하는 거 아닌가?

"……?"

—4분 30초 남았어.

범인은 요지부동이었다. 창하가 생각한 건 본원의 기록이었다. 전국 국과수의 기록을 모두 취합하는 데이터베이스가 있었다. 그걸 열어보면 디테일을 알 수 있었다. 그러나 범인이 반대한다. 이렇게 되면 기억에 의존하는 수밖에 없었다.

세 번째 범행.

범인은 해양 선원만 골라 죽였다. 그렇기에 세 번째 희생자 역시 해양 선원이었다. 피살자는 40대 후반이었다. 칼을 여섯 번 맞았다. 피경철과 권우재, 소예나가 모인 가운데 사건에 대해 얘기한 적이 있었다. 두 번째 사건까지 범인이 오리무중인 가운데 세 번째 반복된 사건이기 때문이었다. 처음 두 사건이 기억은 버리고 세 번째 것만 생각했다.

장소는 모텔이었다. 6개월 만에 부산항에서 내려 서울의 자택으로 가기 위해 모텔에서 자던 갑판장이었다. 살인은 거의 무차별에 가까웠다. 혹시나 창하에게 지원 요청이 올지 몰라 검토했었던 건. 그나마 다행이었다.

그러나, 당시 화두에 올린 기준은 신문 기사였다. 만약 기자가 사건 묘사를 틀리게 했다면 창하의 분석도 빗나간다. 그러니 더욱 신중하게 접근해야 했다.

—2분 30초 남았다.

골똘하는 가운데 범인의 압박이 들어왔다. 간간히 부상당한 남자의 모습을 비춰준다. 어깨와 복부의 옷이 피로 젖었다. 출혈이 상당한 것이다.

"움직이지 마세요."

창하가 말했다. 자칫하면 창하가 범인의 요구에 부응한다고 해도 과출혈 쇼크로 죽을 수가 있었다.

—2분.

범인이 끼어들었다.

"좋아, 당신 수법을 파헤쳐 주지."

창하 목소리에 힘이 들어갔다.

—그럼 시작해 봐.

"당신은 자신의 범죄 사실에 대해 굉장히 뿌듯해하는군. 마치 예술 작품이라도 대하는 듯."

—당연하지. 쓰레기들의 목숨을 거두는 것 이상으로 창조적이고 생산적인 예술은 없으니까.

"범행 솜씨도 굉장하고."

─쓰레기는 깔끔하게 치워야 하니까. 그렇지 않으면 악취가 나거든.

"세 번째 피살자는 모텔방 문 앞에서 숨을 거뒀어. 맞나?"

─방송에 그렇게 나오더군.

"거기서 죽은 거 맞아. 당신이 확인 사살을 했고."

─확인 사살?

"마지막 두 방. 그건 공연한 헛수고였어. 당신이 피니쉬를 날리기 전에 그는 이미 숨을 거두었으니까."

─어떻게 알지?

"그 두 자상은 서로 인접하고 칼이 들어간 각도도 같아. 그 말은 곧 피살자가 움직이지 않았다는 뜻인데 방문 앞까지 필사적으로 기어간 사람이 움직이지 않는다는 건 사망의 경우밖에 없어."

─계속해 봐.

"첫 공격이 치명적이었어. 그때 이미 당신의 칼은 피살자의 왼쪽 가슴을 뚫고 들어가 심장에 닿았어."

─계속…….

"범행 당시 당신과 피살자는 서 있는 상태였어. 침대에서 아주 가까운 거리. 거기서 당신은 이깨 위로 추켜세운 손을 내리찍는 자세로 칼을 휘둘렀어."

─…….

범인이 숨을 고르는 소리가 들렸다. 지금까지는 제대로 맞은 모양이었다. 그러나 창하는 아직 넘을 산이 많았다. 범인의 인증을 받으려면 더 상세하고 더 세밀한 현장의 증거 분석이 필요했다. 그중 하나가 바로 혈흔이었다. 그러나 창하 기억 속에 든 건 현장 사진이 아니라 기자의 묘사였다. 국과수에 온 후로 처음으로 후회를 했다. 관할권의 사건이 아니라고 깊은 관심을 두지 못한 것. 이런 식으로 연결이 될 줄은 꿈에도 몰랐다.

—어떤 근거로 그렇게 판단하나?

결국 범인의 질문이 나왔다.

BPA, 즉 혈흔 형태 분석(Blood pattern analysis)는 다잉 메시지다. 혈흔의 패턴을 통해 사건을 들여다보는 것이다. 혈흔 분석의 형태는 대략 꼽아도 50여 가지에 이른다. 창하에게 도전을 걸어올 범인이라면 혈흔에도 문외한이 아닐 가능성이 높았다.

기자를 떠올렸다. 그의 기사 속에서 본 단어를 떠올렸다. 그 기사가 정확하기를 기도하며 말문을 열었다.

"천장에 묻은 가느다란 핏줄기들. 선상 분출 혈흔과 휘두름 이탈혈흔이라고 불리지. 전자는 동맥이 파열되면서 뿜어 나오는 것이고 후자는 칼을 찌른 후에 재차 찌르기 위해 뽑을 때 칼끝에서 날아간 혈흔이야."

—…….

"첫 타격으로 당신은 이미 동맥을 잘랐어. 선상 분출 혈흔이 그걸 말해주고 있거든. 어깨에서 내려찍힌 칼이 심장에 닿았다면 동맥은 심각하지. 그다음에 보이는 휘두름이탈혈흔으로 보아 당신은 모텔 바닥에 쓰러진 피살자를 두 번 더 찔렀어."

—…….

"피살자는 죽음의 공포에서 벗어나기 위해 기기 시작했어. 그건 낙하연결혈흔으로 알 수 있어. 출혈하는 부위가 이동하면 그런 패턴의 혈흔이 남거든."

—…….

"바닥에 상당량의 출혈이 있었다는 걸로 봐서 비비산혈흔이 상당했어. 그건 곧 동맥출혈이라는 방증이기도 하지. 모텔 주인이 발견한 피살자는 사망한 지 3—4시간 정도 경과되었다고 나왔던 것으로 기억하는데 당시의 경직도로 보아 6시간 정도가 맞을 거야. 피살자의 체격이 상당했으니 관절의 액틴과 미요신 분자의 결합이 풀리려면 그 정도 시간이 걸리거든. 그건 현장 경찰들의 미스였겠지."

—…….

"마지막으로 흉기는 칼, 아, 당신이라면 이 정도로는 만족하지 못하겠지?"

창하가 종이에 뭔가를 그렸다. 그런 다음 카메라 앞에 가져다 댔다. 칼날 넓이와 길이까지 묘사한 그림이었다.

"이런 형태야. 갈닐의 길이는 25㎝ 이상이고 범인 신장은……."

—…….

"피살자가 186㎝이었으니 당신은 173㎝ 정도?"

―…….

"내 부검은 끝났어. 이제 당신 차례군."

창하가 칼 그림을 내려놓았다.

그동안 수많은 부검을 해온 창하. 그러나 이 사인 발표만큼 긴장되는 일도 없었다.

―…….

범인은 말이 없었다. 화면에는 여전히 바닥의 잡초만 보였다.

"이봐."

창하가 재촉했다. 그러자 얼굴 하나가 돌연 화면으로 들어왔다. 범인의 얼굴이었다.

"……?"

―역대급 사인 분석이군. 그래, 국대 검시관이 어쩌고 하면 그 정도는 되어야지. 얼빠진 경찰 놈들처럼 소설이나 써대면 곤란하잖아?

"당신……."

―당신이 이겼어. 내가 인정하지.

그 말과 함께 화면이 흔들렸다. 잠시 후에 다시 안정된 화면에 남자 얼굴이 들어왔다.

―살려주세요.

남자 목소리가 흔들린다. 눈동자도 풀려가고 있으니 의식이 흐려지고 있다는 뜻이었다.

"거기 어디예요?"

창하가 물었다.

—낙동강 변요.

"핸드폰 있어요?"

—없어요. 저 사람이 뺏어서 강물에 던졌어요.

"그럼 주변에 보이는 대로 말해보세요."

—여기…….

남자의 말이 이어졌다. 그때 다시 화면이 과격하게 흔들렸다. 그런 다음 통화가 끝나 버렸다.

'젠장!'

황당해하는 사이에 문이 열렸다.

"이 선생."

피경철이었다. 복도 밖에서 듣고 있었던 모양이다. 그 뒤로는 형사들 몇 명도 보였다. 눈치 빠른 피경철이 경찰에 신고를 한 것이다.

"부산 연쇄살인 사건 범인입니다. 지금 다른 남자를 대상으로 다른 범행을 저지르고 있습니다. 말로는 자수한다고 했는데 알 수 없으니 현장에 경찰을 출동시켜 주세요."

창하가 남자에게 들은 정보를 알려주었다.

"박 팀장입니다. 국과수 이창하 선생님이 부산 연쇄살인 사건 범인과 통화를 했답니다. 범인은 지금 추가 범행 중인데 장소는… 그쪽 경찰청에 연락해서 비상 출동 지시 부탁합니다."

형사의 목소리가 고조되었다. 하지만 그의 목소리는 이내 낮은 자리로 내려왔다.

"예? 그래요? 알겠습니다."

"무슨 일이죠?"

형사가 통화를 끝내자 창하가 물었다.

"그 범인이 조금 전에 전화로 자수 의사를 밝혀왔답니다. 지금 해당 경찰서에서 현장에 접근 중이라네요."

"아……."

그제야 긴장이 녹으며 소파에 무너지는 창하였다. 파국은 면한 것 같았다. 피경철이 다가와 찬물 한 잔을 건네주었다.

"괜찮나?"

"부상당한 남자가 같이 있습니다. 저보다 그 남자 생사부터 알아봐 주십시오."

창하의 관심은 자신의 탈진이 아니라 인질 쪽이었다.

*   *   *

형사들이 현장과 교신을 시도했다.

현장 소식이 올라왔다.

범인은 순순히 수갑을 받았다고 한다.

남자 역시 안전하게 병원으로 옮겨졌단다.

그제야 물을 마셨다.

식도를 타고 내려가는 물맛이 고압 전류 이상으로 짜릿했다.

"자네가 전화 한 통으로 범인을 잡았군."

형사들이 돌아간 후에 피경철이 말했다.

"제가 아니라 기자가 잡은 겁니다."

"기자?"

"그게 말이죠."

창하가 상황을 설명했다.

만약 창하가 읽은 기사가 대충 버무린 것이라면 어땠을까?

정말이지 다시 생각해도 아찔한 일이었다.

—SBC 단독 속보입니다.

피경철이 리모콘을 누르자 방송이 나왔다.

—최근 부산 경남권을 공포의 도가니로 몰아넣었던 원양선원 연쇄 살인범이 체포되었습니다. 인질로 있던 선원은 두 곳의 부상을 입었지만 생명에는 지장이 없는 것으로 밝혀졌습니다. 범인은 원양어선에서 대체복무를 했다고 합니다. 그때 선원들에게 폭행은 물론, 성폭행까지 당하면서 원한을 품게 되었습니다. 복무 만료 후 트라우마가 생겨 정신과 치료를 받았고 요리사로 전직해 일하다가 최근에 일어난 대체복무자 자살 소식을 듣고 범행을 결심하게 되었다고 합니다. 그는 사전에

주도면밀한 살인 계획을 세웠는데 경찰이 헛다리만 짚어대자 범행에 회의감이 들던 차에 부검 명의로 알려진 국과수 이창하 검시관과 통화한 후에 자수를 결심하게 되었다고 합니다.

멘트 뒤에 화면이 바뀌었다.

—이창하 검시관과 무슨 통화를 한 겁니까?

압송되는 범인에게 마이크가 들이닥친다.

—진퉁인지 짝퉁인지 궁금했거든.

후드를 눌러쓴 범인이 답했다.

—무슨 뜻입니까?
—제대로 알고 있나 궁금했다고.
—그게 자수한 이유입니까?
—내기를 했어. 내 사건을 부검으로 맞추면 자수하겠다고.
—그런 이유로 자수했다는 겁니까?
—아니면? 남자가 쪽팔리게 일구이언할까?

후드 속에서 범인의 눈빛이 불을 뿜었다. 수사 과정에서 그는 소시오패스로 드러났다. 그는 특별한 요청을 해왔다.

"상세하게 자백할 테니까 이창하 검시관 좀 만나게 해줘."

경찰은 그의 요청을 받아들였다. 창하로 인해 자수를 했으니 수락한 것이다.

"선생님."

부산 경찰청 앞에서 채린이 걱정스레 말했다. 사안이 중대하므로 그녀가 동행하고 있었다.

"왜 이래요? 범인도 쪽 안 팔리려고 자수했다는데 내가 여기까지 와서 몸 사려요?"

"그건 아니지만 조심하세요. 소시오패스 중에서도 하이 레벨이에요."

"저도 검시관 중에서는 좀 하이 레벨 아닌가요?"

"아오!"

볼멘소리를 내는 채린을 두고 경찰청으로 들어섰다.

끼이!

조사실 문이 열렸다.

"들어가시죠."

수사관 둘이 안을 가리켰다. 의자에 앉은 범인이 보였다. 처음에는 무슨 그룹의 회장님을 보는 줄 알았다. 그 정도로 그는 느긋했다. 그러나 느긋한 범인이라면, 창하 역시 한두 명 겪어본 몸이 아니었다.

"오셨군."

창하가 들어서자 그가 반겨(?)주었다. 대신 수사관들에게는 오만한 멘트를 날렸다.

"거기 둘은 그만 나가봐."

"황창석."

수사관이 주의를 주었다.

"나가봐. 멀리서 온 손님에게 무례한 사람 아니거든."

범인의 기는 꺾이지 않았다.

"그렇게 하시죠."

창하도 범인 편을 들었다. 그의 손에는 수갑이 채워져 있었다. 벽 너머의 유리방 안에서 채린과 다른 수사관들이 지켜볼 일이므로 크게 걱정할 일은 없었다.

"허얼."

수사관들은 쓴 물을 넘기며 퇴장했다.

"어이, 거기 말이야. 지켜보는 건 좋은데 스피커는 좀 꺼주지?"

범인이 벽을 향해 말했다. 그는 조사실 구조도 아는 모양이었다.

"앉지."

그는 예의까지 갖춘다. 적반하장이라더니 주인 행세를 하고 있는 것이다.

"생각보다 미남이시네?"

창하가 앉자 그가 웃는다. 미소는 화산의 뜨거움과 빙산의 오싹함을 동시에 품고 있었다. 섬뜩한 소시오패스다. 자신의 만족을 위해서 수단과 방법을 가리지 않는다. 양심의 가책 따위는 프리 패스로 넘겨 버린다. 전화 통화 때부터 감을 잡았지만 직접 대하니 조금은 오싹했다.

이런 기질은 대체복무의 비극적인 경험 때문에 생긴 걸까? 아니면 그 이전부터 가지고 있던 걸까?

"후자야."

창하가 묻자 거침없는 답이 나왔다.

"나를 보자고 한 이유는?"

"원래 유명한 사람이지만 나 때문에 더 유명해질 거니까."

그의 말은 미래형이었다. 이때까지는 그 뜻을 잘 몰랐다.

"고통을 당해본 사람이 다른 사람에게 고통을 주려고 하다니… 아이러니 아닌가?"

"세상에는 죽어도 싼 인간들이 널렸으니까."

"당신에게 그걸 집행할 권한이 있나?"

"있지."

"있다고?"

"내가 나에게 부여했거든."

"말도 안 되는… 누구든 다른 사람의 목숨을 앗아갈 권리는 없어."

"그러는 당신은? 죽은 사람을 썰어댈 권리가 있나? 그것 또한 법이라는 허튼 잣대가 만든 기준이잖아? 그런 법은 누가 만들었지? 인간이 만들었잖아? 나도 인간이니 나에게 그런 권리를 부여할 자격이 있어."

"궤변이군."

"매사 상식에 기대 살 필요 없어. 상식도 세월이 가면 변하게 마련이니까."

일방통행이다. 남의 말 따위는 수용할 자세가 아니었다.

"나를 보자고 한 이유를 말하지 않았어."

"아, 그거? 부탁 하나 하려고."

"부탁?"

"내가 당신 때문에 자수했잖아? 그러니까 끝까지 책임을 지셔야지."

"무슨 뜻이지?"

"뭐 그리 어려운 부탁은 아니야. 나 죽거든 부검은 당신이 맡아줘. 당신 메스를 느끼고 싶거든. 시원할지 뜨끔할지……."

"……"

창하 눈이 꿈틀 흔들렸다. 이놈은 괴물이었다. 사람을 후리는 눈빛 때문이었다. 빈정이나 농담이 아니었다. 어쩌면 당장에라도 부검대 위에 누워줄 것만 같았다.

―갈라봐.

―궁금해.

―마취제 따위는 필요 없어.

그렇게 거침없는 태도였다.

"우리나라에 사형 집행은 없는 것으로 아는데?"

창하가 그 예봉을 비켜갔다.

"걱정 마. 나는 내 방식의 법을 집행할 생각이니까."

"무슨 뜻이지?"

"됐고, 내 말만 명심해 주면 돼. 부검. 아, 보도에서 보니까 당신 전용 메스가 있다고 하던데 기왕이면 그것으로."

"이봐."

"어이, 거기 투명 인간들, 나 자백하고 싶으니까 그 떨거지 수사관들 들여보내 줘. 마음 변하기 전에 빨리."

그가 벽을 향해 소리쳤다. 그러자 수사관들이 들어섰다. 사건의 전모를 밝히는 것은 당면 과제였다. 그렇잖아도 수사관들을 데리고 노는 범인이었으니 서두르는 것이다.

"우와, 그 인간 진짜 섬뜩하대요. 미궁 살인 이후 처음 보는 강적이었어요."

복도로 나온 채린이 자판 커피를 내밀며 몸서리를 쳤다.

"그런데 뭐라고 해요? 그냥 보기에는 자기가 갑 행세던데?"

"진짜 스피커 껐어요?"

"아니면요? 경찰도 쪽팔리는 건 싫거든요."

"……."

"뭐라고 했냐니까요?"

"부검해 달라네요. 자기 죽으면 내가……."

"왜요? 지 머릿속에 뭐가 들었는지 자기도 궁금한가 보죠? 그것도 아니면 미친 과시든지."

"과시?"

"소시오패스들이 그렇잖아요? 감정 조절이 뛰어나니까 멋진 인상으로 남으려고……."

"하지만 자수 약속을 지킨 친구다 보니 좀……."

창하가 숨을 고를 때였다. 조사실 문이 열리더니 수사관과 범인이 나왔다.

"끝났어요?"

"예, 호송차가 오는 중인데 화장실에 가고 싶다고 해서요. 원래 변비가 심한데 긴장이 풀리니 괄약근도 풀린 모양이라네요."

채린이 묻자 수사관이 복도 끝을 가리켰다.

범인은 화장실 안으로 들어갔다.

수사관의 말을 들으니 우주인 생각이 났다. 우주에 가도 생리현상은 멈추지 않는다. 하지만 초기의 우주복은 중무장한 기사의 갑옷처럼 쉽게 벗을 수가 없었다고 한다. 마려우면 그냥 지리거나 싸는 수밖에 없었다. 사람을 셋이나 살해한 범인이다. 그런 그도 생리현상에서 자유로울 수 없는 인간이었다.

"……."

오 분쯤 지나자 창하가 시계를 보았다.

"변비라잖아요."

눈치를 차린 채린이 말했다.

6분, 7분······.

그러던 한순간, 창하 뇌리에 뜨끔한 불안이 스쳐갔다.

―내 부검은 당신이 맡아줘. 당신 메스를 느끼고 싶거든.

―내 방식으로 집행할 거야.

"젠장!"

커피잔을 구긴 창하가 화장실로 뛰었다.

"선생님."

채린이 그 뒤를 따랐다.

"이 선생님?"

창하가 뛰어들자 수사관의 눈이 휘둥그레졌다.

"범인은요?"

"화장실 안에요. 보다시피 여긴 도망갈 구멍이 없으니 안심해도 됩니다."

그가 창을 가리켰다. 강화유리는 환기 구멍만 나 있었고 그 위로 작은 환풍기가 돌아간다. 고양이 정도의 몸집이 아닌 한 빠져나갈 틈은 없었다.

"이봐."

창하가 화장실 문을 두드렸다.

"아, 변비랍니다, 변비······."

수사관이 귀찮은 표정을 지었다.

"이봐, 문 열어."

창하는 이제 어깨로 화장실 문을 들이박는다. 그래도 안에
서는 아무런 반응이 없었다.

"비켜보세요."

소리친 채린이 발로 문을 박차 버렸다.

"……!"

순간 채린이 얼어붙고 말았다. 유난을 떤다고 생각하던 수
사관도 마찬가지였다. 거기 범인이 있었다. 화장실 벽의 가방
거는 고리에 목을 맨 것이다. 높이가 높지 않아 두 발이 바닥
에 닿은 불완전 의사였다. 줄은 메리야스를 찢어 사용했다.
용의주도한 그답게 수조의 물을 묻혀 찢었다. 그래서 수사관
은 찢는 소리를 듣지 못한 것이다.

변기 옆에는 볼펜이 떨어져 있었다. 그건 수사관이 줬다고
했다. 뭔가를 끼적이며 밀어내면 변비가 풀린다니 자백까지
받은 참이라 인심을 쓴 모양이었다.

"젠장할!"

줄을 자르고 범인을 눕혔다. 물을 먹어 조여진 줄은 잘 풀
리지 않았다. 겨우 풀어낸 후에 응급조치를 하지만 호흡은 돌
아오지 않았다.

"으어어……."

놀란 수사관은 그 자리에 주저앉았다. 자살할 줄은 상상조
차 못 하고 있었던 것이다.

경찰에게 비난이 쏟아졌다. 그러나 한편으로는 웃지 못할 지지자도 있었다. 그는 흉악범이었다. 최근 관행상 사형 집행은 불가하니 차라리 잘됐다는 여론도 만만치 않았던 것이다.

결국 그는 창하의 부검대에 놓이게 되었다. 서울 국과수의 관할이 아니었지만 그렇게 결정이 되었다. 수없는 의혼을 보아왔고 부검을 했지만 기분이 묘했다. 이런 식의 약속 따위는 결코 지키고 싶지 않았던 창하였다.

목의 의혼은 굉장히 선명했다. 작심하고 체중을 실어버린 것이다. 덕분에 혀가 제법 밀려 나왔다. 수사관이 화장실로 데려간 목적이었던 그것도 시원하게 밀려 나왔다. 그 밖에는 작은 상처 하나 보이지 않았다.

"절개하실 건가요?"

보조하던 원빈이 물었다. 이런 경우라면 절개 따위는 필요 없었다. 사인이 너무 완벽하기 때문이었다. 그냥 돌아서려 했지만 시신이 창하를 끌어당겼다.

─당신 메스를 느끼고 싶어.

튀어나온 혀에서 그의 목소리가 들리는 것 같았다. 이렇게 왔으니 약속을 지켜야 했다. 그의 말대로 쪽팔리지 않기 위해.

시원하게 절개를 해주었다. 각각의 장기 역시 깨끗했다. 칼맛을 원했으니 각 장기도 기본대로 잘게 잘라주었다. 그러다

위를 절개했을 때였다. 위는 비어 있었다. 단 하나 소화되지 않은 종이를 제외하고는.

"⋯⋯!"

그걸 꺼낸 창하가 휘청 흔들렸다. 종이는 범인의 메모였다. 목을 매달기 전에 적어 삼켜 버린 모양이었다. 위액으로 물든 종이 위에서 광기 어린 인사말이 창하 눈을 차고 들어왔다.

「약속을 지켰군. 고마워.」

"⋯⋯!"

창하는 한동안 입을 열지 않았다. 숨도 쉬지 않았다. 그러다 정신이 돌아오게 된 건 광배의 목소리 덕분이었다.

"괜찮으십니까?"

"예? 예⋯⋯."

한마디로 답하고 부검을 끝냈다. 창하가 만난 최악의 소시오패스. 그 마무리는 좀 매웠다.

제2장

만취 톱스타의 뇌출혈사는 왜?

"국과수 이창하, 수교훈장 홍인장."

호명과 함께 창하가 대통령 앞으로 나섰다. 그 가슴에 훈장이 꽂혔다. 창하가 가슴을 폈다. 대통령은 지척에 있었다.

"축하합니다."

대통령이 손을 내밀었다. 격려를 힘차게 받았다. 창하가 물러서니 원빈과 광배 차례였다.

"국과수 천광배, 수교훈장 숙정장."

이제 광배가 한 발 잎으로 니온다. 그는 이미 이마가 홍거했다. 부검 지원에 바친 한평생. 그 직군에서의 훈장은 그가 최초였다.

"수고하셨어요."

대통령이 내민 손을, 광배는 두 손으로 잡는다. 그러다 그만 대통령 손등에 눈물을 떨구고 말았다.

"죄송합니다."

광배가 말했다.

"아닙니다. 이런 보석이라뇨? 진작 음지에서 일하는 분들을 더 많이 챙겼어야 하는 건데⋯⋯."

대통령도 콧날이 시큰해진다.

"대통령님."

"앞으로도 국과수에 많은 기여 부탁합니다."

"뼈를 묻는 각오로 임하겠습니다."

광배가 물러서자 원빈 차례가 되었다.

"국과수 우원빈, 수교훈장 숙정장."

원빈은 굳은 얼굴로 한 발을 나왔다. 그 가슴에도 훈장이 달렸다. 필생의 영광이자 표식이었다.

"수고 많았어요."

악수를 나눈 대통령이 원빈의 어깨를 잡아주었다. 잔뜩 긴장되었던 원빈 역시 눈동자가 젖고 말았다.

장소를 옮겨 냉면 대접을 받았다. 이 자리에는 세 사람의 가족 동반이 허용되었다. 창하의 형과 형수가 참석하고 원빈의 가족, 그리고 광배의 아내와 아들, 딸도 자리를 잡았다.

"좋은 날입니다. 차린 건 약소하지만 만한전석 버금가는 진수성찬으로 알고 많이 드시기 바랍니다."

대통령의 덕담과 함께 식사가 시작되었다.

"이야, 창하 덕분에 청와대도 다 와보고……."

창길도 싱글벙글이다.

"그러게 제가 뭐랬어요? 당신보다 창하 씨가 백배 낫다니까."

형수도 행복한 표정이다.

"허어, 도련님에게 창하 씨라니?"

"이이가, 요즘 그런 말 쓰면 남녀 차별인 거 몰라요?"

"그래도 그렇지. 우리 창하가 훈장까지 받는 마당에……."

"그럼 도련 씨라고 할까요?"

"뭐야? 도련 씨?"

창길의 미간이 구겨졌다. 옆에서 듣던 창하가 피식 웃음을 머금었다. 형과 형수의 애정 수위는 여전히 높았다. 그러다 광배의 딸과 시신이 마주쳤다. 딸이 함박웃음을 지어 보인다. 광배보다 창하를 더 좋아한다는 중학생이다. 공부 좀 한다는 그녀의 꿈은 우주인에서 부검의로 바뀌어 있었다.

"고맙습니다."

"감사합니다."

수여식에 이어 뒤풀이까지 끝났지만 그 간격은 청와대 주차장까지 이어졌다. 이제는 광배와 원빈의 가족들이 창하를 챙기는 것이다. 정말이지 음지 속의 음지였던 부검 어시스트. 그

직업을 이렇게 당당하게 만들어준 게 창하였다.

광배 딸의 제안으로 단체 사진을 찍었다. 고맙게도 대통령까지 카메오로 출연을 해주었다.

찰칵!

찰칵!

사진 찍히는 소리조차 행복한 시간이었다.

"보세요. 인스타에 좋아요가 한없이 달리고 있어요."

사진 올리기 무섭게 광배 딸이 자지러진다. 그녀에게도 광배에게도 최고의 날이었다.

"축하합니다."

인사는 국과수까지 이어졌다. 창하의 서울사무소장 취임식이었다. 이례적으로 전임 소장인 피경철이 사회를 봐주었다.

더욱 이례적인 건 외부인들의 참석이었다. 장용갑 행안부장관을 필두로 국회의원이 여섯 명이나 자리를 했고 경찰청장, 서울청장에 장혁과 채린 등이 자리를 빛내주었다. 그 외에도 창하의 부검으로 한을 푼 사람들도 수십 명이나 참석했다.

광배 역시 사무관 임명장을 받았다. 직군의 특성상 무보직이지만 그 영광과 자부심만은 창하 이상으로 뜨거웠다. 사실 그건 어시스트들 모두에게 혁명과도 같은 일이었다. 누군가 사무관 길을 열었으니 다른 이들에게도 희망이 된 것이다.

피경철은 KFMRC의 총괄실장으로 옮겨갔다. KFMRC는 한국법의학연구공사의 약자였다. 서필호가 마련한 준비단 사무실은 엄청난 시설이었다. 대우도 국과수 소장보다 좋았다. 전용 차량에 기사가 딸린 차량까지 지급이 되었으니 피경철에 대한 부담도 덜어낸 창하였다.

창하가 서울사무소장이 되자 국과수의 위상도 저절로 올라갔다. 미국과 영국, 일본과 중국 등의 대우가 그랬다. 일개 검시관의 자격으로 접촉하는 것과 기관장의 위치에서 접촉하는 건 완전히 달랐다.

그러나 창하는 승진에 연연하지 않았다. 취임식이 끝난 직후에도 바로 부검에 임했다. 이틀 전에 발생한 난해한 사건 때문이었다.

「남자 톱 아이돌 가수 음주 운전 추돌 시비 끝에 폭행사」

창하의 소장 취임 즈음에 뉴스와 신문을 도배한 사건이었다. 이른 새벽, 강남 유흥가를 떠난 아이돌의 람보르기니가 폭주하다 앞서 가던 고물 1톤 용달차를 들이박은 것이다. 람보르기니에는 스무 살의 여자가 동승하고 있었다. 사고 직후, 용달차 차주가 목을 잡고 내렸다. 그는 여기저기 물품 배달을 해주며 살아가는 노가다 인생이었다. 운전하던 아이돌과 여자는 사고 직후에 의식이 없었다. 정신을 차린 노가다가 람보르기니로 다가갔다.

"이봐요."

노가다가 소리치자 여자가 꿈틀거렸다. 그쪽으로 다가가 여자를 건드렸다.

"괜찮아요?"

그때 아이돌의 정신이 돌아왔다.

"뭐야? 씨발?"

얼굴의 피를 확인한 아이돌은 핏대부터 올렸다.

"괜찮아요?"

여자가 묻는 사이에 아이돌이 차에서 내렸다.

"아, 씨발, 산 지 두 달밖에 안 됐는데……."

차량을 확인한 아이돌은 제 성질을 못 이겨 차를 걷어차 버렸다.

"어우, 술 냄새? 음주야?"

옆에 있던 노가다가 인상을 찡그렸다. 문제는 여기서 비롯되었다.

"씨발 놈, 뭐야? 내가 술 마시는 데 보태준 거 있어? 나이 처먹고 운전 똑바로 못 해?"

아이돌이 폭주했다.

"뭐? 씨발 놈? 이 자식 봐라? 외제 차 타면 다야? 술 처먹고 과속하다가 뒤에서 박아놓고 누구한테 욕지거리야? 너 몇 살 처먹었어?"

공사판에서 굴러먹는 노가다가 깨갱 꼬리를 사릴 리 없다. 그도 눈알을 부라리며 다가섰다. 상대는 음주에 뒤에서 추돌. 빌어도 시원찮을 판에 욕설까지 날리니 혈압이 오른 것이다.

"24살이다. 왜? 나이가 훈장이냐? 보아하니 노가다로 빌어먹는 놈이… 너 사고 유발해서 합의금 뜯으려고 일부러 알짱거린 거지?"

"뭐야? 이 자식이 말을 해도……."

흥분한 노가다가 아이돌의 멱살을 잡았다. 순간, 퍽 하고 별똥이 튀었다. 아이돌이 이마로 들이박아 버린 것이다.

"이런 개자식이 사람을 때려? 외제 차 타면 눈에 뵈는 게 없나?"

퍽!
흥분하는 사이에 별 하나가 또 튀었다. 이번에는 주먹이었다.
분개한 노가다가 반격을 했다. 타깃은 아이돌의 얼굴이었다. 여자가 뛰어나와 싸움을 말렸다. 하지만 아이돌은 붉어진 안색으로 늘어진 후였다.

"오빠, 오빠!"

여자가 달려들어 소리치지만 아이돌은 일어나지 못했다. 그 사이에 경찰과 구급차가 달려왔다. 아이돌은 병원으로 옮겨졌지만 그대로 사망하고 말았다.

"저 사람이 오빠를 때려서 죽은 거예요. 사고 직후에는 멀쩡했다고요."

　여자의 증언은 블랙박스에서도 확인이 되었다. 사고가 났지만 블랙박스는 안전했던 것.
　이게 또 엄청난 관심을 받게 되었다.
　사건의 흐름을 짚어보면…….

　─톱 아이돌 만취상태로 운과.
　─톱 아이돌 만취 후 여친 태우고 폭주하다 선행 차량 후미 추돌.
　─톱 아이돌 공규하 추돌 차량 차주와 시비 끝에 쌍방 폭행.
　─톱 아이돌 공규하, 용달차 차주에게 폭행당해 사망.

　시간이 지날수록 아이돌의 과실은 사라지고 폭행당해 사망한 것이 강조가 되었다. 이런 쪽에 일가견이 있는 SNS가 확대 재생산에 나섰다.

　─연예인이면 무조건 죄인이냐?
　　용달차 차주 자격지심 지린다.
　─합의금 작정하고 엉덩이 대준 거 아니냐?
　─응, 용달차 차주가 상습범이다에 내 신형 노트북 건다.

그 와중에 팩트를 장착한 뉴스가 나갔다.

「톱 아이돌 공규하, 홍대 클럽에서 만취 후 람보르기니 과속하다 앞 차 추돌. 추돌 후 시비가 벌어져 주먹다짐을 하다 사망」

그제야 일부 SNS 여론이 용달차 차주 편으로 기울었지만 대세는 여전히 공규하 쪽이었다. 불량한 용달차 차주가 작은 사고를 빌미로 거액의 합의금을 요구하다 시비가 붙어 공규하를 때려 숨지게 했다는 게 정설이 되어버린 것이다.

"제가 직접 봤어요."

동승한 여친의 증언이 위력을 발휘한 것이다.

가장 억울한 건 차주였다. 그는 경찰 진술 과정에서 자해까지 시도하며 결백을 주장했다. 시비는 공규하가 먼저 걸었고, 먼저 맞은 것도 그였다. 주먹을 날린 건 사실이지만 자구책이었고 그조차 세게 때린 것도 아니라고 항변을 했다.

대기실에서 들은 설명과 수사 기록도 그에 준하고 있었다. 참관자는 강력 팀장과 공규하의 친형이었다. 강력 팀장이 왔다는 건 경찰에서 이 건을 살인사건으로 보고 있다는 뜻. 그렇지 않다면 교통조사 팀장이 오는 게 맞았다.

"고맙습니다, 소장님."

설명을 마친 강력팀장이 고개를 숙였다. 창하는 이제 서울 사무소 소장이다. 책상에 앉아서 지휘권만 행사해도 문제가 없었다. 그런 차에 직접 부검에 나서주니 고마울 따름이었다. 창하가 하는 부검이라면 반론 제기의 우려가 없을 것이기 때문이었다.

「주먹에 맞은 후 안면이 붉어졌다.」

그 단서를 기억하며 일어섰다.

공규하는 부검대 위에 있었다. 며칠 전까지는 세계의 팬들 가슴에 우상으로 뜨던 별. 그러나 엔진이 멈춘 그 역시 하나의 시신에 지나지 않았다.

루틴은 바꾸지 않았다. 원빈은 자신의 역할을 알고 있었고, 이제 사무관이 된 광배 역시 역할에 충실했다.

"오늘 점심은 제가 쏘겠습니다."

광배에게 선수를 치고 외표 검사에 착수했다.

[얼굴과 이마, 목과 어깨와 무릎에 멍과 찰과상, 자상. 척추에 골절상. 자상은 콧날과 눈가, 오른쪽 뺨에 걸침. 목뼈 손상, 멍의 사이즈는 이마 4x2㎝, 얼굴 2x2㎝, 목 5x2㎝, 어깨 9x2㎝,

무릎 8x2㎝…….]

시신의 외형은 전형적인 과속 부상의 그것이었다. 앞 유리가 깨지면서 튄 파편과 안전벨트의 자국이 그걸 말해주고 있었다.

"얼굴의 연조직 손상은 한 군데입니다. 멍으로 보아 주먹으로 맞은 자리겠네요."

나머지 부분은 깨끗했다. 뒤로 뒤집어도 마찬가지였다.

약물이나 혈중 알코올의 정확한 측정을 위해 혈액을 뽑았다. 머리카락과 소변 역시 샘플에 추가했다. 그런 다음에 메스를 잡았다.

꿀꺽!

공규하 형의 긴장은 침 넘기는 소리로 알 수 있었다. 반면 강력 팀장은 차분하다. 확실히 경험은 스승이라고 불릴 만했다.

공규하의 중심에 시원한 길이 났다.

가슴이 열리자 창하가 잠시 숨을 골랐다. 군살 하나 없는 몸매처럼 건강한 장기는 아니었다. 상습 과음을 즐긴 건지 심장이 부은 상태였고 간에도 누런 지방이 엿보였다. 정밀검사를 해봐야겠지만 알코올로 인한 증세임은 의심할 필요가 없었다.

다음으로 머리를 열었다. 전동톱은 원빈이 잡았다.

지이잉.

소리와 함께 두개골이 열렸다.

'동맥파열……'

뇌막을 걷어내기도 전에 촉이 왔다. 뇌 안에 출혈이 가득한 것이다.

'지주막하출혈……'

뇌를 들어내 확인을 했다.

"사인이 나온 겁니까?"

경험 많은 강력 팀장이 먼저 눈치를 차렸다.

"거의 그렇네요."

창하가 답했다. 거의라고 한 건 확인 검사 때문이었다. 뇌는 확인할 게 많은 부위였다.

"어느 쪽인지?"

팀장이 묻자 공규하 형도 귀를 쫑긋 세웠다.

"잠깐만요."

창하가 세부 부검에 들어갔다. 선천성 동맥류 검사부터 끝냈다. 이 경우의 뇌의 출혈은 선천성 동맥류와 무관했다.

후우.

숨을 돌리고 다시 집중한다. 이번에는 뇌로 올라오는 동맥이었다. 목뼈를 기준으로 히니히니 확인을 한다. 그러다 결국 목뼈 안에서 파열된 동맥 가지를 찾아내고 말았다.

"동맥 파열… 이게 뇌출혈을 일으킨 원인입니다."

창하가 파열된 동맥 둘을 들어 보였다. 동맥은 내막, 중막, 외막으로 이루어져 탄력이 강하다. 그렇다고 해도 강철은 아니다. 심한 충격을 받으면 결국 터지게 되어 있다.

찰칵!

사진이 찍혔다.

"동맥파열로 머리에 뇌출혈이 생겼다면 역시 얼굴을 때린 폭행 때문이겠군요?"

공규하 형의 표정이 밝아졌다. 강력 팀장이 돌아본다. 불편한 기색이 역력하다. 그 둘을 바라보던 창하가 사인 설명을 시작했다.

얼굴을 맞은 후에 쓰러져 숨을 거둔 아이돌 스타 공규하. 지주막하출혈은 그게 원인이었을까?

제3장
—
북톱시(Booktopsy)로 방송 장악

"사인은 지주막하출혈입니다."

창하는 결론부터 내놓았다.

"그러니까 맞아서 터진 거잖습니까?"

공규하의 형이 확인하려는 듯 물었다.

"……."

"아니라는 겁니까?"

창하가 확답을 않자 그는 초조한 얼굴이 되었다.

"지주막하출혈은 보통 누 가지 요인으로 비롯됩니다. 그중 하나가 바로 유전적인 요인입니다."

"유전적?"

"즉 선천성의 문제죠. 그걸 배제한다면……."

"폭행의 충격에 의해?"

"충격에 의한 것은 맞습니다. 하지만 제 소견으로는 교통사고의 충격 때문입니다."

"뭐라고요?"

예상이 빗나가자 공규하의 형이 미간을 구겼다.

"사고 순간, 사망자는 급정거를 했습니다. 그건 블랙박스에도 나왔죠?"

"지금 그게 문제입니까?"

"그때 밟은 급브레이크와 핸들 조작이 척추에 치명적인 충격을 주었습니다."

"돌리지 말고 말하세요."

"진정하세요. 지금 설명 중 아닙니까?"

강력 팀장이 공규하의 형을 제지했다.

"급정거의 순간 핸들 조작은 본능적으로 엄청난 스피드와 각도로 회전합니다. 팔이 급회전하면 척추도 같이 급회전하죠. 척추가 회전하면 척추뼈와 나란히 분기하는 동맥도 같이 움직입니다. 그 순간 머리로 올라가는 동맥, 바로 이거죠. 이 두 개가 찢어진 겁니다."

"맞아서 터진 게 아니고요?"

공규하의 형이 눈을 부릅떴다.

"그때 파열된 동맥의 피가 뇌와 두개골 사이에서 압박을 일으켜 지주막하출혈이 생긴 겁니다."

"폭행에 의한 가능성은 없단 말입니까?"

"두개골은 견고한 반구형입니다. 그러나 뇌는 마시멜로처럼 말랑하죠. 이런 이유로 두개골에 타격을 받으면 뇌 조직에 출혈이 생기고 뇌의 일부가 압력에 의해 두개강 밖으로 빠져나옵니다. 그게 바로 뇌탈출이죠. 지금의 경우와 다른 것은 얼굴에 난 타격의 멍으로 보아 이렇게 심각한 출혈을 야기할 수 없다는 것입니다."

"당신 말에는 모순이 있습니다. 그렇다면 어떻게 규하가 사고 후에 차에서 나와 용달차 차주와 시비를 할 수 있습니까? 동맥파열로 뇌출혈이 일어난 사람의 행동이 아니지 않습니까? 그러니까 이건 명백히 폭행에 의한 뇌출혈입니다. 다른 건 성립되지 않아요."

"그게 바로 뇌출혈사의 특징입니다. 만약 단 한 방의 타격으로 생긴 뇌출혈이라면 선생님 말처럼 당장 기운이 빠졌을 겁니다. 그러나 동맥파열이기에 그런 행동이 가능했던 겁니다. 사나운 공격 성향은 지주막하출혈 환자들의 회복기에 보이는 행동입니다. 술을 마셔서 혈중알코올농도가 높다면 상황은 더 나빠지죠. 혈압이 높아지면 파열된 동맥의 출혈에 가속도가 붙으니까요. 평상시의 시망자라면 이 정도의 공격성은 없었을 겁니다. 자신의 실수로 앞차를 들이박고 그 운전자에게 주먹을 휘두르는 폭력성 말입니다."

"……!"

창하의 팩트가 공규하 형의 입을 틀어막았다. 사실이었다. 공규하에게는 그런 성향이 없었다. 그렇기에 가족들은 더욱 용달차 차주를 의심하고 있었다. 그가 양아치 같은 도발을 했거나 터무니없는 합의금을 요구했기 때문에 공규하가 폭발했다고 생각한 것이다.

"끼워 맞추기 하지 말아요. 연예인이라는 신분 때문에 말 못 할 시달림을 받는 경우도 많아요."

공규하의 형이 항변한다.

"저는 지금 부검을 말하고 있는 겁니다. 이런 경우에 현장 즉사가 아니라 시간의 경과가 개입하는 건 이미 증명된 사례들입니다. 파열된 동맥에서 나온 출혈이 뇌와 두개골을 압박할 때까지 작게는 몇 분에서 몇 시간까지 걸리니까요."

"억지예요."

"억지가 아닙니다. 작은 세포들은 사람이 죽은 후에도 몇 시간씩 살아 있습니다. 12시간까지는 백혈구가 움직일 수도 있고 근육이 움찔거리는 것도 가능합니다. 동맥이 파열되었다고 바로 죽는 게 아닙니다."

창하는 철벽이다. 너무 견고해 넘볼 수조차 없는…….

"말장난이야."

"얼핏 정상으로 보이는 사망자의 행동은 머리에 피가 고이는 동안에 일어난 겁니다. 그때까지는 의식이 또렷했으니까요. 달리 말하면……."

공규하의 형과 시선을 맞춘 창하가 묵직하게 결론을 맺었다.

"그때 시비가 일어나지 않았더라도 동생은 죽었을 겁니다. 문제는 시비가 아니라 사고 즉시 병원에 갔어야 했다는 겁니다."

"뭐야? 용달차 차주 그놈의 뒤에 누가 있는 거야? 아니면 정부에서 우리 규하를 매장하라는 특명이라도 내려왔어?"

공규하의 형이 울부짖었다.

"죄송하지만 저는 차주가 누군지도 모릅니다. 아울러 국과수는 정부의 오더 따위 받지 않습니다. 이 오더는 다른 데서 온 게 아니라 당신 동생의 몸에게 온 것입니다. 부검은 사망자가 해야 할 말을 그 몸에 새겨진 손상을 바탕으로 읽어내는 의학이니까요."

"웃기지 마. 이건 사기야. 내 동생은 용달차 차주 놈이 죽인 거라고."

"실은 그게 당신이 처음부터 내린 결론이었죠?"

"뭐라고?"

"처음부터 당신이 정한 사인 말입니다. 그것 외에는 그 어떤 사인도 받아들이지 않을 생각 아니었나요?"

"……?"

"내가 바라는 결과가 나오면 수용하고, 내가 원치 않는 결과가 나오면 부정하고. 부검은 그런 것이 아닙니다. 누군가 원하는 결과를 안겨주는 게 아니라 죽음에 이른 과정을 디테일하게 알려주는 진료란 말입니다."

"어쨌든 폭행을 당했잖아? 동맥이 터져서 피가 나는 중이라면 그 주먹질 때문에 더 빨리 터졌을 거 아니야? 그러니까 살인이기는 마찬가지야."

공규하의 형이 막무가내였다.

"당신은 그렇게 믿고 싶을 뿐입니다."

창하는 일절 동조하지 않는다.

"우워어……."

공규하의 형은 벽에 기대 통곡했다.

"사인은 지주막하출혈, 사망의 종류는 사고사. 부검 종료합니다."

창하가 돌아섰다.

첨예하게 대립하는 양자를 동시에 만족시킬 수 있는 진실은 없다. 그건 부검에 있어서도 마찬가지였다. 그렇기에 부검은, 사망자의 신분 귀천을 가리지 않는다. 사망자의 몸에 새겨진 비밀의 일기를 읽어낼 뿐이다. 그 어떤 상황에서도 위축되지 않고, 그 어떤 위협에도 굴하지 않는다. 오직 사인의 'Why'를 찾아가는 것, 그게 검시관이자 부검의였다.

「특 내장탕」

저녁 시간 피경철의 송별식을 겸한 회식을 했다. 회식이라는 단어는 거부감과 귀차니즘으로 범벅이 되어 환영받지 못하지만 오늘은 달랐다. 시간과 메뉴를 정하고 공지 한 장 돌렸을 뿐인데 회식 장소가 미어터졌다.

굳이 내장탕으로 정한 건 피경철이 즐기던 메뉴기 때문이었다. 호불호가 갈리는 사람에게는 다른 메뉴 사용권을 주었다.

창하가 피경철의 송별사를 권했다.

"여러분, 지는 해를 바라봐서 무엇 하겠습니까? 여러분은 이제 뜨는 해를 도와 국과수와 법의학의 발전을 도모해 주십시오. 저는 이 부족한 사람이 즐기던 내장탕으로 함께 추억해 주는 것만 해도 고맙습니다."

피경철의 송별사는 짧았지만 박수는 길었다. 그의 소장 재임 기간은 길지 않았다. 그러나 그는 일하는 소장으로서의 족적을 남겨놓았다. 특별한 행사에 참가하지 않는 한 하루 1부검의 원칙을 지킨 것이다. 그것은 곧 그만큼 다른 검시관들의 부담을 줄여주었다는 뜻이었다.

"왜 하필 내장탕이냐고?"

식사 도중에 질문을 받은 그가 고개를 들었다.

"실은 비하인드가 있지요."

피경철이 숨은 사연을 풀어놓았다. 그가 검시관으로 부임했을 때였다. 몇 개월간의 수습이 끝나고 단독 부검에 임한

지 한 달 차. 최악의 시신을 만나게 되었다. 들판 웅덩이에 유기된 시신이었는데 부패와 더불어 들짐승이 뜯어먹는 바람에 차마 바라보기도 참혹한 상황이었다.

한 달 내내 쉬운 부검만 받다가 처음으로 랜덤 배정된 시신. 그 점심에 당시 소장이 사준 음식이 또 내장탕이었다. 음식을 먹다가 세 번을 토했다. 마지막에는 똥물까지 올라왔다. 그렇게 토해놓은 토사물이 조금 전에 부검한 시신의 부패한 내장처럼 보였다.

"그때 나름 도를 깨달았습니다. 죽고 싶어 죽은 사람이 어디 있을까? 더구나 그 시신은 절교를 선언한 후에 옛 애인에게 납치되어 잔혹하게 살해된 여자였습니다. 그 사무친 주검을 역겹게 받아들인 제 자신이 추하게 느껴지더군요. 그 후로 내장탕 마니아가 되었어요. 모든 주검을 평등하고 공평한 것으로 받아들이려면 내가 먼저 초연해야 했으니까요."

"……"

피경철의 말에 모두가 숙연해졌다. 타산지석이 따로 없는 사연이었다.

"이후로 될성부른 후배들에게 내장탕 시험을 해보긴 했지만 사실 이걸 강요할 생각은 없습니다. 사람이 도를 깨닫는 과정은 모두가 다릅니다. 헝그리 하지 않은데 헝그리 정신을 강요해서는 안 되는 것과 같이 미래에는 여러분과, 여러분의 후임들이 내장탕이 아니라 스테이크나 유기농 샐러드, 혹은 먹물 파스타나 궁중 요리처럼 우아한 요리를 먹으면서 법의학의 도를 깨달았으면 합니다."

또 한 번의 명언이 나왔다. 창하도 격하게 공감을 했다. 만인이 도에 이르는 과정은 다 다르다. 창하가 부검의 매력에 빠진 과정 또한 그 말과 일맥상통하기 때문이었다.

"아, 우리 피 소장님도 방송에 나가셔서 법의탐적학 강연 좀 하셔야겠어요. 완전 뼈에 와 닿는 말투성이잖아요?"

옆에 있던 소예나는 감동에 취한 표정이었다.

"그거 아무나 하나? 소 선생이나 우리 이 선생 같은 사람이 하는 거지?"

"그러지 말고 이번에 같이 좀 출연해 주세요."

"이 선생이랑 같이 찍는 거 아니었어?"

"그건 맞지만 제 분량 좀 줄이면 돼요. 부검에 대한 저변을 넓히셔야죠."

"됐어. 그런 건 내 체질에 안 맞아."

피경철이 손사래를 쳤다.

"부검 저변 넓히는 일에 체질이 어디 있어요? 이제 국과수 떠나 영전하신다고 그러셔도 되는 건가요?"

"소 선생……."

"여러분 이때요? 우리 소장님, 완전 진솔하시잖아요? 제 말에 공감하면 박수 좀 보내주세요."

"와아아!"

원빈과 수아가 나서서 바람을 잡는다. 박수는 오랫동안 그치지 않았다.

"얼른 답해주세요. 다들 팔 떨어져요."

분위기를 탄 소예나가 피경철을 닦아세웠다.

"소장님 안 나가시면 저도 이번 편 펑크 낼 겁니다."

"소 선생……."

"아, 저도 소장님이랑 꼭 한번 방송 출연하고 싶습니다."

창하도 지원사격에 나선다.

"허어, 이것 참……."

피경철은 결국 두 손을 들고 말았다.

"부검의가 되려면 어떻게 해야 하죠?"

나흘 후의 방송국 녹화장, 광배와 함께 온 딸이 창하에게 물었다.

공부를 잘해야지.

그런 말은 하지 않았다. 부검의도 의사다. 당연히 의대를 가야 한다. 그렇다면 공부를 잘해야 한다는 건 필수 전제 조건이었다. 하지만 공부는, 열심히 한다고 잘하게 되는 게 아니었다. 조금 부족하더라도 자신의 의지가 확고하면 길이 열린다. 처음부터 공부를 잘한다면 좋겠지만 간절하고 절실하면 의사가 되는 길에 도달할 수 있는 것이다.

"진심으로 부검의를 꿈꾸면 되지."

창하의 답이었다.

"저 진심이에요."

"그 진심을 잘 닦아나가면 될 수 있을 거야."

딸의 어깨를 두드려 주고 녹화장으로 향했다. 먼저 도착한 피경철과 소예나는 분장을 받고 있었다.

"이거 첫 부검보다 더 떨리는데? 아무리 생각해도 괜히 수락했어."

피경철은 아이처럼 엄살을 떨었다.

"준비는 어떠세요?"

창하가 옆자리에 앉으며 물었다.

"정신없네. 게다가 국과수 촌놈에게 미국과 캐나다 수준 이상의 세팅을 맡기니 더 그래."

"죄송합니다."

"무슨 소리? 다 농담일세. 마치 꿈을 꾸고 있는 거 같아서 날마다 행복하다네. 한국에서 법의학에 이런 투자를 하는 날이 오다니… 천재 하나가 만인을 먹여 살린다더니 그 말이 딱이야."

"그건 너무 오버신데요?"

"아무튼 중간중간 와서 체크하라고. 서필호 회장님도 그런 눈치야."

"그렇게 하죠."

창하가 답했다.

창하 분장이 시작된다. 매번 기분이 묘하다. 부검이 끝난 후에 기본 단장을 하는 과정 때문이었다. 때로는 비누와 타월로 간이 목욕도 시킨다. 그게 겹치는 걸 보면 아무래도 직업 정신인 모양이었다.

"요즘 최고로 핫한 분야의 하나인 국과수 부검의들을 소개합니다."

사회자의 멘트와 함께 창하와 피경철, 소예나가 등장을 했다. 보조 진행자만 여섯이다. 개그우먼과 가수, 연기자 등이 두루 섞였다. 녹화라 대략적인 대본을 받았지만 그렇다고 돌발 질문이 없는 것은 아니었다. 스튜디오 앞으로는 방청객이 200여 명 정도 앉아 있었다. 엄마를 따라온 아이들도 보인다. 그 말은 곧, 단어 선택에 주의해야 한다는 뜻이었다.

—소장님.

창하가 속삭이자 피경철이 경직된 어깨를 풀었다. 신문 잡지 인터뷰 경험은 있지만 방송 출연은 처음인 피경철. 그제야 앞의 물을 마시며 호흡을 골라놓았다.

첫 순서는 소예나였다. 그녀의 고정 코너인 북톡시다. 오늘 선택된 책은 셰익스피어의 작품이었다. 소예나의 선택은 저 유명한 햄릿이었다.

"작품 속에서 숙부가 왕의 귀에 독약을 부어 독살하는 장면이 나옵니다. 바로 여기죠."

소예나가 소품 삽화를 짚었다. 그러자 메인 MC가 보조 진행자들에게 질문을 날렸다.

"이 그림에서 이상한 점을 찾은 분?"

"독약인데 왜 귀에 넣는 건가요?"

"마법의 독약인가요? 왕이 전혀 모르는 눈치입니다."

보조 진행자들이 기다렸다는 듯 소리쳤다. 질문을 소예나가 받았다.

"작품 속에서 쓰인 독초는 헤보나입니다. 그러나 이 헤보나가 실제 존재하는 것인지 아닌지는 논란이 끊이지 않았습니다. 독초학자들은 대신 영어 스펠링이 비슷한 Henbane라는 약초를 주목하고 있는데 역시 사람을 마비시켜 죽일 수 있는 독성을 가지고 있습니다. 여기서 확인해야 할 것이 있죠? 독극물을 귀에 부으면 사람이 죽을까요?"

소예나가 말을 끊자 MC가 그 말을 받았다.

"명색이 독이잖아요? 치사량이 되면 죽겠죠. 복어 독 같은 것은 피부에 묻어도 사람이 죽을 수 있다고 들었습니다."

"안 죽습니다. 독이라는 게 먹거나 혈관에 들어가야 죽지 귀에 넣는데 왜 죽습니까?"

보조 진행자들의 답은 반으로 나뉘었다. 이 해설은 소예나의 몫이었다.

"법의학에서 독물은 자연 생성된 독소와 인공적으로 만들어진 독물을 지칭합니다. 이것들이 인체에 작용하면 부식독, 실질독, 효소독, 혈액독, 신경독으로 나눕니다. 대다수 독극물은 섭취하거나 혈관에 주입함으로써 작용하게 되는데 햄릿의 경우에도 귀의 고막이 손상되어 있다면 몸으로 흡수될 수 있습니다. 따라서 작품 속 왕은 고막 질환이 있다고 보는 게 타당할 것 같습니다."

"아!"

여기저기서 탄성이 나온다. 법의학은 매력은 문학 속에서도 빛을 발할 수 있었다.

"그럼 로미오와 줄리엣은요? 줄리엣이 먹은 독약도 헤보나인가요?"

호기심 많은 개그우먼이 상황을 연장시켜 놓았다.

"그 작품 속의 독약은 헤보나가 아닙니다. 작품 속에서 줄리엣은 혼수상태에 가까운 깊은 잠에 빠지죠. 게다가 심장박동까지 멈췄습니다. 하지만 다시 깨어나게 되니 독약이라기보다는 수면제 쪽, 제 생각에는 유럽 문학에 자주 등장하는 묘약 만드라고라를 모티브로 삼은 게 아닐까 싶습니다. 만드라고라는 수면에 더해 호흡까지 정지시켜 주거든요."

"와아!"

방청석에서 감탄사가 튀어나왔다. 문학과 법의학의 만남, 재미까지 더하는 것이다.

다음 차례는 피경철이었다. 피경철은 주로 부검의 경험에서 나온 웃지 못할 에피소드를 풀어놓았다. 부검의 경력만 30여 년에 가까운 그였다. 그 세월의 간극에서 방청객들은 부검의 발전과 함께 중요성을 새삼 깨닫게 되었다.

"다음은 이창하 검시관입니다."

MC의 소개가 나가자 방청석이 더 뜨거워졌다. 미궁 살인 해결에 허드슨강 테러 수습의 스타로 떠오르면서 창하는 이미 소예나의 인기를 뛰어넘고 있었다.

"대한민국 국대 검시관, 망자의 명의, 스타보다 유명한 부검의, 미스터 퍼펙트 등 닉네임도 화려하고 다양한데요, 북톱시로 가기 전에 법의학에 대해 살짝 짚어보죠. 법의학은 그걸 주도해 온 영국을 중심으로 미국에서 발달했는데 한국의 수준은 어느 정도입니까?"

MC가 창하에게 물었다.

"영국과 미국이 법의학 선진국이라는 건 이견의 여지가 없습니다. 그러나 법의학의 시작은 서양이 아니라 동양입니다. 컴퓨터 이진수의 기원이 동양인 것처럼 말이죠."

"중국 최초의 법의학서인 13세기 송자의 세원집록 말씀입니까?"

보조 진행자가 끼어들었다.

"세원집록의 뜻은 '원통함을 씻어내다'입니다. 최초의 법의학서가 맞죠. 하지만 중국의 법의학은 13세기가 아니라 거기서부터 1,000년 이상 거슬러 올라갑니다. 세원집록은 그 이전의 법의학 기술을 한데 모은 것에 불과하니까요."

"1,000년이나요?"

연예인 보조 진행자들이 술렁거렸다. 그 술렁거림에 창하가 쐐기타를 날려주었다.

"현대 법의학에서 다루는 화재사와 고의 살인 후 불에 태운 것의 구분법 역시 그때부터 전해진 것입니다."

"그게 가능합니까? 13세기에서도 1,000년 전이면 기원후 200—300년경인데 과학적 도구가 있는 것도 아니지 않습니까?"

강력한 이견이 나왔다.

*   *   *

"죄송하지만 그 당시의 검시관이 증명한 것은 현대의 그것과 하나도 다르지 않았습니다."

창하는 여유만만이다.

"……?"

보조 진행자들은 궁금증으로 가득 찼다. 방청석과 그들을 따라온 몇몇 어린이들도 귀를 세운다.

"현대 법의학에서 화재사는 인후와 기관지의 검댕을 중요한 기준으로 삼고 있습니다. 불 속에서 사망하면 그 안에 검댕이 증명되죠. 반대로 사망한 후에 불이 난다면 아무리 큰 화재라고 해도 검댕은 나오지 않습니다. 당시에 간행된 사건록에 의하면 그 시대 검시관의 한 사람인 '장주'가 이런 논리를 증명하기 위해 돼지 두 마리를 실험했다고 기술하고 있습니다. 한 마리는 산 채로 잡고 또 한 마리는 불에 태워서 죽인 후에 잡았지요. 그러자 불로 잡은 돼지의 입에서는 검댕이 나왔지만 산 채로 잡은 돼지의 입에서는 재가 없었습니다. 이걸 사건에 적용해 화재 속에서 발견된 사람에 대해 타살인지 화재사인지를 구분했던 겁니다."

"우!"

"그렇다면 한국의 법의학은 어떻습니까?"

"한국의 법의학도 중국에 못지않습니다. 13세기, 중국은 세원집록이라는 역사적인 검시서를 편찬하지만 조선의 현명한 군주 세종대왕 역시 1438년 신주무원록이라는 법의학 전문서를 편찬합니다. 내용은 과학적 원리를 따르고 있는데 예를 들면 독살의 의혹이 있을 때 은으로 확인하는 방법 등이 그렇습니다."

창하 뒤로 배경 화면이 나왔다. 죽은 사람을 검시하는 광경이다. 검시관의 손에 비녀가 들려 있다. 하얗게 빛나는 은비녀다. 그걸 목에 넣고 기다린다. 잠시 후에 뽑아내니 은비녀는 검게 변해 있었다.

"은은 독과 반응하면 검게 변하는 성질을 가졌습니다. 당시로서는 과학적인 검시법이었죠. 이 방법 외에 실증적인 검시법도 병행되었습니다. 예컨대 밥을 입안에 가득 물렸다가 꺼내 닭에게 먹인 후 닭을 관찰해 독의 유무를 살폈습니다. 독이 들었다면 닭이 죽거나 병이 들 테니 현대처럼 첨단 독극물 분석 장비를 갖추지 못한 당시로서는 최상의 실증이 아닐 수 없습니다."

"우리 세종께서는 법의학에도 일가견이 있으셨군요?"

"그런 것 같습니다. 법의학을 하는 한 사람으로서 존경스러운 일이죠."

"여러분, 우리 모두 세종대왕에게 박수."

개그우먼이 바람을 잡는다. 박수와 함께 스튜디오의 분위기가 밝아졌다.

"역시 킹 세종이시군요. 이창하 검시관님 덕분에 머릿속 저장장치 용량이 기가에서 테라바이트로 업그레이드되는 기분입니다."

MC는 동서양 법의학에 대한 화제를 프로그램 쪽으로 끌고 갔다.

"독극물이 나오고 왕이 나오니 필수 연결 코드가 생각나는군요. 사약 말입니다. 이창하 검시관님, 요것도 북톱시에 연결해서 스토리가 나올 수 있을까요?"

"독극물은 국과수에서도 흔히 다루는 물질입니다. 사약에 한정하자면 중국에서는 흔히 짐새에서 얻은 짐독(鴆毒)이나 비소를 썼고 조선에서는 비상이나 부자를 많이 사용했다고 합니다. 이걸 소예나 선생님의 북톱시와 연결하자면 저 유명한 소크라테스 이야기를 들 수 있겠습니다."

"오, 소크라테스."

"너 자신을 알라. 나 자신에게도 알 기회를 달라."

개그우먼이 다시 튀었다.

"햄릿과 로미오와 줄리엣에 나오는 독극물을 소 선생님이 분석했지만 소크라테스의 경우에는 헴록(hemlock)입니다."

"햄록? 햄릿? 헷갈리네?"

보조 진행자들이 비슷한 이름을 놓고 너스레를 떨었다.

"헴록은 독당근이나 독미나리로 불리는 식물입니다. 독성 식물답게 꽃말조차 '죽음도 아깝지 않으리라'라고 하는데요, 이걸로 사약을 만들면 그 마비가 발끝을 시작으로 머리로 올라가게 되어 굉장한 고통을 안겨준다고 합니다. 소크라테스는 그 고통조차 초월했다고 하는데 사랑하는 사람을 위해 죽음도 마다하지 않는다는 꽃말처럼 자신을 위해하는 세력조차도 초연하게 품고 갔으니 진심 위대한 성자가 아닐 수 없겠습니다."

"아오, 독당근. 그래서 내가 당근 먹기가 싫었구나?"

개그우먼이 재치로 분위기를 바꿔주었다.

"자, 그럼 이제 기다리던 방청객 질문으로 들어가 보겠습니다."

MC가 방청객 쪽으로 시선을 돌렸다. 프로그램의 마무리 시간이 온 것이다. 이날 질문을 할 방청객은 미리 정해져 있었다. 하지만 그걸 모르는 한 꼬마의 돌발로 대본은 무용지물이 되고 말았다.

"저요!"

야무지게 생긴 여섯 살 장민희가 지정된 방청객에 앞서 손을 들어버린 것이다.

"얘……."

엄마가 말리자 민희가 팩트를 상기시켰다.

"아나운서 아저씨가 질문하라고 했잖아? 그렇죠?"

다부지게도 MC를 물고 늘어진다. 당황한 MC가 창하를 바라본다. 질문을 받을 사람은 창하이기 때문이었다.

"이름이 뭐지?"

창하가 물었다.

"장민희요. 구름유치원 샛별반이에요. 제일 좋아하는 친구는 박은서고요. 우리 선생님이 질문할 때는 이렇게 손을 들으라고 했어요. 어린이는 키가 작아서 손을 들지 않으면 잘 안 보인대요. 그래서 횡단보도를 건널 때도 손을 들어야 해요."

"……!"

다부진 발언에 모두의 눈이 휘둥그레졌다. 이 아이는 영특함에 더해 논리적이기까지 했다. 이쯤 되면 '네 질문은 방송 끝나고 받아줄게' 버전으로 때우기 어려웠다. 창하가 진행자를 바라본다. 그는 피디를 바라보니 피디가 오케이 사인을 주었다.

"그래, 뭐가 궁금한데?"

여섯 살 장민희. 유치원생이다. 아무리 영특하대도 법의학이나 부검과는 거리가 멀어 보인다. 하지만 그 야무진 입에서 나온 질문은 스튜디오를 경악으로 몰아넣고 말았다. 아이다운 주제였지만 누구도 쉽게 답하지 못할 걸 물어온 것이다.

"선생님이랑 동화책을 읽었는데요, 심청전에서 심청이가 바다에 제물로 던져졌다가 연꽃을 타고 올라온대요. 바다에 버려지면 수영을 못 하면 죽잖아요? 그런데 심청이는 수영도 안 하고 꽃을 타고 살아와요. 그 꽃은 연꽃이라는데 바다에 어떻게 연꽃이 살아요? 우리 선생님은 동화라서 그렇다는데 저는 너무 궁금해요. 그래서 엄마가 책에서 나오는 궁금증을 풀어주는 방송 구경 간다기에 따라왔어요."

물에 빠졌지만 익사하지 않은 심청이, 거기에 더해 바다에 없는 연꽃. 논리적인 팩트 앞에 스튜디오 분위기는 얼어붙고 말았다.

"하핫, 민희 양, 선생님 말처럼 동화책은 생각 속의 이야기예요. 우리가 생각 속에서는 날 수도 있잖아요. 새처럼 훨훨."

아무래도 안 되겠는지 MC가 수습에 나섰다.

"안 되는 건가요?"

민희의 시선이 창하를 겨누었다. 눈물을 글썽이는 눈빛이었다.

"아니, 가능해. 조금 어려울 수는 있지만."

창하는 아이의 기대에 부응했다.

"정말요?"

민희가 좋아라 몸서리를 친다. 소예나와 피경철은 우려가 가득하다. 법의학은 일반 성인도 이해하기 힘든 경우가 많다. 하물며 여섯 살 아이라니……

창하는 개의치 않았다. 법정에 서면서 깨달은 노하우가 있었다. 법의학자의 또 다른 자질 하나가 바로 쉬운 설명이었다. 배심원이나 변호사들은 사인을 이해하지 못하면 재설명을 원한다. 그들을 이해시키는 것 또한 부검만큼이나 중요했다. 사인의 원리를 이해시키지 못하면, 빛나는 사인 규명도 법정에서 먹통이 되어버리는 것이다.

"심청이는 바다에 버려졌는데 수영도 안 하고 어떻게 살아났을까? 그리고 심청이가 타고 나온 연꽃은 바다에 없는데 어떻게 거기 있었을까?"

"네."

창하가 민희 앞으로 내려가 질문을 확인하자 민희 얼굴에 생기가 돌기 시작했다.

"우선 바다에서는 수영을 못 해도 위로 떠오를 수가 있어. 그걸 부력이라고 하지."

"부력요?"

"부력은 물체를 위로 밀어 올리는 힘이야. 꽃이든 사람이든 바다에서는 다 떠오르게 되지. 인당수가 있는 백령도 앞바다 중에서도 얕은 곳은 30m 정도밖에 되지 않아. 그래서 심청이가 무사히 떠오른 거야."

"그럼 연꽃은요? 어떻게 바다에 살아요?"

"심청이가 빠진 바다 이름이 인당수잖아? 옛날 사람들은 인당이라는 말이 바다의 밑바닥인 줄 알고 있었어. 그런데 인당의 당자는 연못이라는 뜻을 가지고 있거든. 그러다 보니 인당수에 연꽃이 산다고 생각했던 것 같아. 연꽃은 연못에 사니까 말이야."

"아하!"

민희가 손뼉을 쳤다.

"그런데 심청이가 타고 나온 연꽃이 다른 기록에서는 큰 가리비 조개로 나오기도 해. 옛날 사람들 중에는 그래도 바다니까 심청이가 타고 나오려면 연꽃보다 가리비가 좋다고 생각하는 사람이 있었나 봐."

"저도 그래요. 거기는 바다니까 가리비를 타고 나오면 좋겠어요. 아니면 커다란 왕거북이요."

민희가 동조하고 나섰다.

"나중에 민희가 어른이 되면 그런 동화를 쓰면 어떨까? 예쁜 공주님이 가리비나 거북이를 타고 나오는 이야기."

"우와, 내가 쓸 거예요. 그게 더 재미날 거 같아요."

민희가 달아올랐다. 꾸밈없이 반응하는 모습은 정말이지 앙증의 정수를 보는 것만 같았다.

"오늘 우리는 문학과 역사를 법의학의 눈으로 돌아보았습니다. 출연해 주신 세 분 법의학자들에게 감사드리며 이창하 선생님의 소감을 듣는 것으로 프로그램을 마치겠습니다. 이창하 선생님."

MC가 마무리에 들어갔다.

"좋은 자리 마련해 주셔서 고맙습니다. 다른 많은 분야가 역동적인 변화를 맞고 있는 가운데 법의학 역시 변화의 기점에 서 있습니다. 현재 한국의 법의학은 세계와 어깨를 나란히 할 수준임에도 불구하고 시신 검안, 부검 여부의 판단, 사망 진단서 작성 등의 법의학적 판단에 부검의가 개입할 수 있는 제도가 보장돼 있지 않습니다. 이와 관련된 법제도 정비와 함께 법의학의 수요를 원하는 모두가 손쉽게 서비스받을 수 있는 제도가 시행되었으면 하는 바람입니다."

짝짝!

창하의 발언이 끝나자 스튜디오에 박수가 울려 퍼졌다. 구석의 피디가 엄지를 세워 보였다. 도무지 먹힐 것 같지 않은 법의학 강의로 스튜디오를 장악한 창하였다.

"수고하셨습니다."

녹화가 끝난 후에 피경철과 악수를 나눴다. 그는 이제 국과수 직원이 아니니 따로 가야 하는 것이다. 볼일이 있는 소예나도 피경철의 차량과 함께 멀어졌다.

"괜찮으면 저희랑 식사하고 가시죠? 우리 딸이 선생님하고 이야기를 하고 싶은 모양입니다."

광배가 다가와 물었다.

"그러죠, 뭐."

창하가 답했다. 광배와 함께 반가를 달고 나왔으니 국과수
에 들어가지 않아도 되었다.

"앗싸!"

광배의 딸이 쾌재를 불렀다. 그 순간 창하 핸드폰에 전화가
들어왔다. 채린이었다.

―소장님.

"예, 팀장님."

―녹화 끝나셨나요?

"우와, 귀신이시네……."

―물론 잘 찍으셨겠죠?

"말 돌리지 말고 팩트를 말하세요? 사건 터졌어요?"

―예.

눈치로 때려잡았는데 채린이 콜을 받는다. 굉장히 심각한
목소리였다.

"큰 거로군요?"

창하가 시선을 가다듬는다. 심각성을 눈치챈 광배도 덩달
아 긴장을 한다.

―좀 난해한 시신이 발견되었습니다. 죄송하지만…….

"어디예요?"

―성남 남한산성 자락입니다. 멧돼지가 파헤쳐 놓은 암매

장 시신이 있는데 이게 좀…….

"지금 가죠."

창하가 통화를 끝냈다.

"사건입니까?"

광배가 묻는다.

"그렇다는군요. 죄송하게 되었습니다."

"아닙니다. 소장님 찾는 거 보면 중대한 사건 같은데 가셔야
죠. 제가 모시겠습니다."

"가족들은요?"

"중대 사건인데 가족이 문제입니까? 이해할 겁니다."

"맞아요. 어서 가세요. 대신 다음에 만나주세요."

딸이 광배를 거들고 나섰다.

끼익!

1시간여를 달려온 차량이 남한산성 자락에 멈췄다. 저만치
폴리스 라인이 보이고 경찰청 과학수사센터의 차량 등이 보였
다.

"소장님."

채린이 배 경위를 대동하고 다가왔다.

"죄송해요."

인사부터 챙긴다.

"천만에요. 현장부터 보죠."

창하가 앞서 걸었다. 흰 천에 덮인 시신이 지척이었다. 여자

였다. 아무것도 걸치지 않은 나신이었다.

"흙과 낙엽 등으로 덮어두었나 본데 멧돼지나 고라니가 흙을 헤치면서 발견되었습니다."

"……!"

시신을 살펴본 창하의 긴장이 칼날처럼 일어섰다. 목 부근이 이상했다. 입안을 살피기 무섭게 미간이 저절로 구겨졌다. 뭔가 굉장한 폭발이 있었다. 그것도 입안에서.

'총상?'

총상 자체도 드문 사건이다. 그런데 거기에 여자? 또 거기에 입안? 오싹한 긴장이 달려들지만 그건 시작에 불과했다. 또 다른 충격적인 상황이 전개된 것이다.

제4장
—
냉동 시신

시신이 이상했다.

대략 보기에는 4주 정도 방치된 것으로 보이는 시신이었다. 그런데 시신이 팽창되지 않았다. 창하가 고개를 돌렸다. 시신을 담았던 봉투였다. 봉투에는 아직도 벌레들이 우글거린다. 벌레의 파티가 벌어진 시신. 그런데 왜 부풀지 않았단 말인가?

사람이 죽으면 가스가 생긴다. 세균이 망자의 살을 먹고 소화하는 과정에서 생기는 필연적인 현상이다. 그런데 가스가 보이지 않는다. 이건 완전히 이례적인 일이었다.

아울러 피부색도 이상했다. 전체가 마른 흙색을 띠고 있는데 이 또한 정상적이지 않았다. 부패도 그렇다. 장갑을 끼고 몇 군데 확인에 들어간다.

"……?"

의문은 풀리지 않는다. 더해질 뿐이다. 이렇게 방치된 시신은 내부의 장기가 먼저 부패한다. 생선을 생각하면 이해가 쉽다. 신선도가 떨어지면 생선은 반드시 내장부터 상하기 시작한다. 그런 다음에야 체표의 부패가 동반된다. 그런데 이 시신은 독특하게도 부패가 밖에서 안으로 진행되고 있었다. 안쪽 장기가 별로 손상되지 않은 것이다.

'으음…….'

난해했다.

범인의 마지막 선물은 손가락이었다. 미라화 된 손은 마지막 마디들이 없었다. 미라화 된 것으로도 부족했던지 신원 파악을 할 수 없게 만든 것이다.

"으음……."

창하가 일어섰다.

"이상하죠?"

채린이 물었다.

"강적이군요."

"어떻게 된 걸까요? 목 안도 그렇고 시신도 그렇고……."

"목 안은 총상 같습니다."

"총상이라고요?"

채린이 소스라친다. 미국과 달리 한국에서의 총기 사건은 늘 골치가 아프기 때문이었다.

"그게 총상이라면……."

"총구를 입에 물고 발사했습니다."

"하지만 사출구로 보이는 손상이 없습니다."

"두개골 어디엔가 박혀 있을 겁니다."

"시신은요? 감식반에서는 4주 정도로 보던데 정석을 벗어나는 게 많다고 합니다."

"제 생각에는 1—2년 정도 된 것 같습니다."

"1—2년이라고요?"

채린이 한번 더 경기를 했다.

"손을 보세요. 양손 다 미라화 되었잖습니까?"

"하지만 몸통은… 장기는 거의 완전해요."

"페이크입니다. 시신을 냉동해 두었다가 유기한 거예요."

"냉동?"

벌써 세 번째 소스라치는 채린.

"누군지 제법 공을 들였네요. 손가락이 미라화 될 때까지 기다렸다가 손가락을 잘라내고 유기한 걸 보면……."

"그것까지 계산했다면… 맙소사."

"신원을 밝힐 만한 건 니오지 않았죠?"

"아무것도요. 완전히 나체였어요."

"어쩌면 손가락도 이 근처에 유기했을지 모릅니다."

창하가 주변을 바라보았다.

수색이 시작되었다. 경찰에 경찰견까지 투입되었다. 그러나 산중에서 찾아야 하는 손가락 한 마디. 모래사장에서 유리알 찾기와 다르지 않았다.

주변 수사가 일 차 마감되자 시신은 바로 국과수로 이송되었다.

"늦었습니다."

푸른 부검복의 원빈이 부검실로 들어섰다. 다른 부검을 어시스트 하다가 합류하는 중이었다.

"녹화는 잘 끝낸 겁니까?"

시신으로 다가서며 원빈이 물었다.

"끝내주셨지."

광배가 엄지를 세워 보인다.

"그런데 아⋯⋯."

그의 시선이 부검대 위의 시신에 머문다. 촬영 후 뒷풀이조차 못 한 상황을 그제야 눈치챈 것이다.

"불 꺼주세요."

창하가 부검의 시작을 알렸다. 소등된 실내, 창하는 창가에 있었다. 조금 떨어져서 시신을 관조하는 것이다. 20대 여자다. 총을 맞았다. 살해된 지는 1년에서 2년⋯⋯.

젊은 여자와 총.

관계도를 그려본다.

군인일까?

아니면 군인의 여자였을까?

원빈이 스위치를 올렸다. 창하가 부검대로 다가섰다.

외표 검사를 시작했다. 깨끗했다. 밖에서 안으로 부패가 진행되는 것을 제외하면 유의할 만한 손상은 없었다. 눈과 코, 귀를 체크한 후에 입술과 입안 등을 살폈다. 시신의 손바닥과 입 주변에서 탄환 잔흔으로 보이는 물질을 찾았다.

찰칵 찰칵!

카메라가 바빠졌다. 탄환 잔흔은 총기 사고에 있어 매우 중요한 증거에 속했다.

치아는 일부 손상이 있었다. 탄환 발사 시의 압력 분출 때문이었다.

"이빨이 누렇네요? 여자가 골초인가?"

원빈이 창하 옆에서 중얼거렸다.

"골초도 그렇지만 체액 때문일 거야."

광배가 바로 바로잡는다. 시신의 치아가 변색하는 건 부패 때문이다. 부패가 진행되면 치아도 갈색으로 변한다. 광배의 짬밥은 그냥 쌓인 게 아니었다.

다음으로 손의 정밀 체크에 돌입힌디. 탄환 잔어물 외에도 약간의 혈흔 잔해가 엿보인다. 손톱 사이도 체크하고 유두와 질도 빼놓지 않았다. 입안의 체액과 위액 역시 꼼꼼하게 샘플로 땄다. 그런 다음 기본 약물검사 외에 DNA 검사 칸을 추가해 오더를 작성했다.

다음으로 머리카락을 잘라냈다. 다른 부검보다도 더 기본에 충실하는 창하였다. 정상이지 않은 시신에 대처하는 것으로 이보다 나은 방법은 없었다.

절개 후의 샘플 통은 조직으로 채워지기 시작했다. 여자는 건강했다. 부패되기 시작하는 장기였지만 병변의 징후는 없었다.

'고맙습니다.'

마지막으로 신장을 절개하며 중얼거렸다. 최악이지만, 진짜 최악은 면한 시신이기 때문이었다.

전전임 원장 시절의 자료를 상기시켰다. 중대 지명수배자 시신이 나왔다. 이번처럼 으슥한 야산에 방치되어 장기와 살이 다 사라진 후였다. 벌레와 구더기의 영양원이 되어버린 것이다. 설상가상, 머리조차 없었다. 말라붙은 손가락에 화학약품을 주입했지만 훼손이 심해 지명수배된 사람과 100% 일치를 자신할 수 없었다.

[사인 불명.]

원장이 지휘하고 발표한 사인이었다. 당장 외압 의혹이 나왔다. 그때 원장이 한 말이 명언이었다.

"사인 불명도 과학입니다. 아무리 법의학이라고 해도 안 되는 것은 안 되는 겁니다."

창하는 이때까지도 이 시신이 몰고 올 파장을 알지 못했다.

"냉동되었던 시신 맞네요."

현미경으로 세포 관찰을 끝낸 창하가 말했다. 원빈과 광배가 다가왔다. 그들도 차례로 확인을 했다. 접안렌즈를 통해 찌그러진 세포가 보였다. 조직을 냉동할 때 보이는 특징적인 소견이었다.

"아, 진짜 인간이 어디까지 잔인할 수 있는 건지……."

원빈이 치를 떨며 물러섰다. 사람을 냉동한다는 것, 토막살인 만큼이나 잔혹한 일이기 때문이었다.

"이건 정신병자라기보다 완전범죄를 노리는 자 아닐까요?"

광배도 몸서리를 친다.

"여러 가능성이 있습니다. 일단 토막을 안 낸 것부터……."

창하가 시신으로 다가갔다. 이런 경우라면 차라리 토막이 나는 게 옳았다. 그러나 범인은 시신에 손을 대지 않았다. 훼손된 것은 손가락인데 그건 냉동된 후에 잘렸다. 처음부터 자르게 아니라 시신을 유기하는 즈음에 자른 것이다. 목저은 역시 신원 노출 방지로 보였다.

CT 영상이 나오는 동안 잠시 기다렸다. 총알의 위치를 확인하기 위해서였다. 샘플 검사를 보내고 시신 주변을 정리하는 사이에 CT 영상이 나왔다.

"저기 있네요."

영상이 화면으로 나오자 원빈이 먼저 알아보았다. 총알은 뇌간을 관통하고 척수를 동강낸 후에 두개골에 꽂혀 있었다. 크기로 보아 권총으로 보였다.

"진짜 입에다 대고 쐈나 보네요."

원빈이 다시 몸서리를 친다.

차분하게 영상 숙지를 한 후에 부검을 계속했다. 우선 구강부터 확보했다.

"……!"

이번에는 창하도 움찔 흔들린다. 치아 때문이었다. 그녀의 치아에는 총구가 강제로 밀고 들어간 흔적이 없었다. 그러나 권총은 발사되었다.

'그렇다면……?'

사망자가 입을 벌려주었거나 스스로 총을 쐈다는 뜻이었다.

난해했다. 권총의 총알을 맞을 때 스스로 입을 벌릴 사람은 없다. 권총은 대개 강제로 쑤셔 넣어진다. 그렇게 되면 치아나 혀에 흔적이 남는다. 물론 상처 없이 입을 벌릴 수 있기도 하다. 목에 칼 같은 것을 겨누며 협박을 받거나 혹은 다른 인질이 있을 때 등이다.

또 다른 가정은 권총 자살이다. 이런 경우에는 입이나 이빨 등에 손상이 남지 않는다. 하지만 그것도 프로파일이 되지 않았다. 누군가 냉동하고 유기했기 때문이었다. 모든 것을 고려할 때 이 건은 명백히, 살인에 가까웠다.

이제 목을 따라 절개에 들어갔다. 총알이 간 길을 추적하는 것이다.

탕!

창하 머릿속에서 총탄이 날아간다. 권총이라면 대개 700—800도에 달하는 가스가 폭발한다. 이 압력은 사망자의 입안을 풍선처럼 부풀렸다가 인접한 모든 구멍을 통해 동시에 분출된다. 그 위력으로 이빨이 깨지고 비산혈흔이 분출된다. 자살이라면 시신의 손등을, 타살이라면 발사자의 소매를 피로 적신다.

총알을 찾았다. 척수 뒤의 두개골 쪽이었다.

달그락!

총알이 배양접시 위에 놓였다.

'군용 38구경 리볼버.'

총알만 보고도 재원을 알았다. 그렇다면 이 여자는 군인이거나, 군인의 가족이거나, 혹은 연인일 가능성이 높았다.

"정리할까요?"

부검이 끝나자 원빈이 물었다. 창하가 고개를 끄덕이자 봉합 준비를 하는 원빈과 광배. 샘플을 떼어낸 장기를 제자리에 넣고 입 주변 역시 정리에 들어간다.

"잠깐만요."

창하가 잠시 둘을 세웠다. 문득 미국식 권총 사고 생각이 난 것이다.

미국에서는 권총 총구를 성기구로 쓰는 경우가 있었다. 기왕 기본에 충실하는 거 미국식을 추가해도 나쁘지 않을 것 같았다. 질 입구의 내용물을 한 번 더 따냈다. 총구를 자위 기구로 썼다면 화약이나 금속 성분이 나올 수 있었다.

이 판단은 그대로 적중했다. 시신의 질 입구에서 화약 성분이 나왔다. 38구경 리볼버 권총의 한 성분이었다.

"유두를 닦은 샘플과 질에서 남자 체액이 나왔답니다. 그리고 샘플에서 암페타민 성분도……."

검사 결과가 이어졌다.

셀프 탄환 발사가 암페타민에 막혔다. 암페타민은 각성제다. 특정한 경우에는 치료제로 쓰이지만 나쁜 용도로 쓰이면 흥분제가 될 수 있었다. 질병으로 인한 치료제 복용이었을까? 아니면 흥분제로 먹고 약에 취해…….

지금까지의 결과만으로 분석에 돌입했다.

사망자는 남자와 함께 있었다. 그가 권총의 주인일 수 있었다. 동시에 그가, 자살을 강권했거나 특별한 이유로 셀프 탄환 발사를 조성했을 가능성이 높았다. 창하의 분석은 거기서 막힌다. 사망자의 신분이 오리무중이기 때문이었다.

"수습하죠."

상기된 표정으로 지시를 내릴 때였다. 부검실 안의 전화기가 요란하게 울렸다.

"국과수입니다."

원빈이 전화를 받았다.

"소장님요? 잠깐 기다리십시오."

원빈이 창하에게 수화기를 넘겼다.

"경찰청 차 팀장님인데요?"

"여보세요."

창하가 수화기를 받았다. 그러자 채린의 목소리가 귀를 차고 들어왔다.

─소장님, 손가락 찾았습니다. 시신 발견 장소에서 500m 정도 떨어진 곳에서요. 엄지와 약지 같습니다.

"그래요?"

창하의 표정이 확 밝아졌다.

─굉장히 시랍화 되었는데 지문채취 가능할까요?

"안 되면 되게 해야죠. 빨리 보내주세요."

─지금 가고 있는 중입니다. 부검은요?

"총상 맞습니다. 입에 물고 당겼어요. 척수 뒤의 두개골에서 권총 총안을 찾았습니다. 38구경 리볼버예요."

─맙소사!

"암페타민이 나오는 바람에 더 난해해졌는데 빨리 와서 머리 맞대보자고요. 얼마나 걸려요?"

　一한 20분 정도요?

"좋아요. 화학약품 준비하고 기다리죠."

　창하가 통화를 끝냈다. 돌아서니 원빈이 화학약품을 들어 보였다. 빛보다 빠른 대응이었다. 창하 팀의 케미는 여전히 막강했다. 잔뜩 고무된 창하가 시선을 창밖으로 돌렸다.

　삐뽀띠뽀!

　채린의 비상 사이렌이 가까워지고 있었다.

＊　　　＊　　　＊

"미라화 손가락 지문 뜰 준비하세요."

　창하가 소리쳤다. 원빈과 광배는 일사불란하게 지시를 받았다. 머잖아 손가락이 도착했다. 절단된 시신의 손가락 부위에 대고 진위 여부부터 확인했다. 잘려 나간 손가락이 맞았다. 화학 용액을 주사하고 기다렸다.

　두근!

　아드레날린이 홍수를 이루면서 심박동이 빨라졌다. 손가락 하나도 이렇게 홍분을 야기할 수 있었다.

　꿀꺽!

　지켜보는 채린도 마른침이 넘어간다.

　신원 파악은 사건 해결의 첫 단추이자 모든 사건의 필수 과정이기 때문이었다.

"나왔습니다."

마침내 창하가 지문을 찍어냈다. 그걸 받아든 채린이 경찰청에 전화를 때렸다.

"지급으로 부탁해."

채린의 지시는 제대로 먹혔다. 전화를 끊기 무섭게 답이 온 것이다.

[강순지, 26세, 육군 장교]

신원이 나오자 채린의 정신 줄이 바짝 조여졌다.

'군인?'

"장교?"

창하의 미간도 격하게 구겨진다. 경찰 수사에 있어 가장 골치 아픈 게 군대였다. 폐쇄적이자 권위적인 집단인 까닭에 협조도 어렵도 수사도 어려운 집단이었다. 그러나 각성제의 의문은 거의 사라졌다. 젊은 나이의 육군 장교였으니 질환 치료보다는 각성 용도로 쓰였을 가능성이 높았다.

"게다가 무연고네요. 홀어머니가 있었는데 장교 임용 6개월 후에 사망했습니다."

무연고란다. 사건이 이렇게 덮여진 이유가 이것이었다. 가족이 없기 때문이었다.

"어때요?"

채린이 창하의 견해를 묻는다.

"26살 육군 장교라면 소위나 중위 아닙니까? 권총 지급 대상이 아닙니다."

"유두에서 남자 체액이 나왔다고요? 치정이거나 아니면 변태성욕자의 소행일까요?"

"현재로서는 둘 다 가능성이 높습니다."

"선생님이 그린 밑그림을 좀 알려주세요."

"일단 사망자가 권총 방아쇠를 직접 당긴 것은 분명합니다."

"자기가 권총을 물고 자기 손으로 방아쇠를요?"

"손등에 탄환 잔여물 흔적이 있습니다. 스스로 당겼다는 증거입니다."

"영화처럼, 남자 앞에서 보란 듯이요? 그가 누군지 모르지만 파멸시키려고요?"

"그것도 나올 수 있는 시나리오의 하나입니다."

"총알은 38구경 리볼버라고요?"

"네."

"그럼 권총의 주인은 중령급 이상이거나 장군일 가능성이 높군요."

토의하는 사이에 또 다른 정보가 들어왔다.

"강순지, 수도권에 인접한 기갑부대 소속이라네요. 2년 전, 휴가를 나간 후에 귀대하지 않아 행방불명 처리 되었답니다."

"수도권 기갑부대면 우리 관할이군요."

창하가 미소를 머금었다.

"저도 다행이에요. 관할이 다르면 소장님과 일하지 못할 수
도 있으니까요."

"뛰세요. 유의미한 정보 나올 때마다 바로 알려주시고요."

"알겠습니다. 이 정도 뽑아주셨는데 기갑부대건 강습부대
건 싹 밀어붙여야죠."

채린의 사기는 폭발 직전이었다.

그러나 그녀와 수사진은 시작부터 막혔다. 일단 신변 수사
와 DNA 채취부터 난항이었다. 강순지는 사관학교가 아니라
3사관학교 출신이었다. 군에 배속된 기간도 짧았다. 지휘관
들은 비협조적이었고 부사관이나 장병들은 그녀에 대해 아는
사람이 별로 없었다. 2년 전의 일이다 보니 그동안에 보직 이
동이 있었고 해당 부대 사병들의 전역까지 겹치면서 복잡해
져 버렸다.

사단장을 찾아갔다.

"권총 살인사건?"

반백의 사단장이 미간을 찡그렸다.

"그렇습니다."

중수과장이 답했다. 사건의 숭대성 때문에 이 건은 본청 중
대 수사과에서 담당하고 있었다. 옆에는 채린과 수사 팀장이
자리하고 있었다.

"휴가 중 행불자라고 들었소만?"

"그렇지만 이 부대 소속이었습니다. 행방불명 당시의 조치는 문제가 없었습니까?"

"군법에 따라 적법하게 조치된 것으로 압니다."

사단장이 선을 그었다.

"권총 살인은 중대한 사건입니다. 군 지휘관이 연루되었을 가능성이 높으니 군의 신뢰를 위해서라도 협조를 부탁드립니다."

"우리는 지금 한미 합동 기동훈련 준비로 바쁘오. 불명예스러운 군무이탈자 따위를 위해 전력을 소모할 수 없으니 정 필요하면 윗선의 허가를 받아오세요."

사단장은 완고했다.

밖으로 나온 채린이 기지를 발휘했다. 라인을 통해 고참 원사를 불러낸 것이다. 그는 이 전차부대의 산증인 격이었다.

"강순지 중위?"

그는 사망자를 알고 있었다.

"아십니까?"

"그럼요. 여자 아닙니까?"

"여자?"

"수컷이 대다수인 군대에 여자가 오면 기억에 남지요. 더구나 강순지는 미녀였거든요."

"미녀는 기억에 남는군요?"

채린이 쓴 물을 넘겼다.

"죄송합니다. 남자들이 주로 있는 집단이다 보니… 그냥 의례적으로 하는 말이지 다른 생각이 있는 건 아니니 오해 마십시오. 그런데 강 중위가 무슨 사고라도?"

"피살체로 발견되었습니다."

"피살?"

원사가 소스라쳤다. 아직은 비공개 수사이기에 듣지 못한 모양이었다.

"아무래도 군과 관련된 것 같아서요. 강순지에 대해 소상히 좀 말씀해 주세요. 근무 당시의 분위기나 대인관계 같은 거 말이에요."

"그런 거라면 정식 수사 협조 절차 밟으십시오. 저 정년 얼마 안 남았는데 괜한 눈총받기 싫습니다."

원사도 칼날 거절 모드를 취했다.

그래도 주변 주사는 계속되었다. 당시 그의 직속상관이던 대령을 만났고 그의 지시를 받던 병사를 만났다. 더불어 하나뿐인 그녀의 여자 동기도 수배했지만 동기는 타국에 있었다. 아프리카 남수단의 한빛부대에 지원한 것이다. 그녀와의 국제 통화에서도 특별한 단서는 나오지 않았다. 당시 서로가 임관 초기라 신경 쓸 여유가 없었다는 답뿐이었다.

"군대는 이게 탈이라니까."

수사진의 종합 보고를 들은 중수과장이 골머리를 앓았다.

"이렇게 되면 우리도 아예 다 까고 가죠."

채린이 전격 공개수사를 건의했다.

"총기에 체액이 나온 사건이야. 자칫하면 엄청난 파장에 더해 군의 기강이 흔들릴 수도 있어."

"자초한 건 저들입니다. 협조를 안 하지 않습니까?"

"군이 집단 반발하면 우리가 유탄을 맞아."

"이창하 소장님이 계시잖습니까? 그분 부검이었으니 정당성은 확보된 셈입니다. 이 사건은 정면승부가 아니면 얼마가 걸릴지도 모릅니다. 그러는 사이에 그녀를 아는 군인들은 하나둘 전역에 전근을 할 테고요."

"……."

"과장님."

"별수 없군. 밀어붙여 보자고."

중수과장이 콜을 받았다.

비공개였던 사건이 공개수사로 전환되었다. 경찰청 출입기자들이 만석을 이룬 가운데 사건이 공개되었다. 여군 장교의 기이한 사망의 파장은 경찰의 예상대로 일파만파로 번져 나갔다.

"사건 빠른 시간 내에 해결하세요."

청와대의 지시가 떨어졌다. 수사진이 노리던 일이었으니 그 한마디가 천군만마가 되었다. 결국 군의 협조 공표를 이끌어 내고 만 것이다.

당시 강순지 중위 주변에 있던 사람들의 유전자 샘플이 수거되었다. 이제 사건 해결은 시간문제가 될 판이었다.

그 와중에 충격적인 비보가 날아들었다. 용의선상에 올라있던 강민승 대령의 자살 건이었다. DNA 검사를 거부하던 그가 사택에서 자신의 권총으로 머리를 쏜 것이다. 즉사였다.

목격자는 사단장 안상개 소장이었다.

"모든 게 제 부덕의 소치입니다."

채린과 수사 팀장 등의 수사진이 현장에 도착했을 때 그는 침통했다. 현장에는 육군 중앙수사대에 소속된 검시관과 수사관들이 나와 있었다. 그들은 마스크에 장갑, 장화와 후드가 달린 흰색 방진복까지 갖춰 입고 현장을 통제하고 있었다.

테이블에는 군납 꼬냑 몽루아 XO가 놓였고 안주 역시 군납 육포가 가지런했다. 강승민 대령의 시신은 소파에 있었는데 권총은 군 수사 당국에 의해 증거물 봉투에 담겨져 있었다.

"잠깐만요."

채린이 군 수사요원들을 막아섰다.

"다들 현장에서 물러나세요. 이제부터는 무엇에도 손을 대 선 안 됩니다. 기존에 손댄 것들 역시 처음 있던 자리에 놓아두세요."

"사망자는 현역 대령입니다. 이건 우리 소관입니다."

군 수사 책임자가 선을 그었다. 채린의 말은 씨알도 먹히지 않았다.

"경찰 수사 사건의 연장입니다. 경찰이 수사해야 합니다."

"그럼 군은 핫바지입니까? 우리가 수사한 후에 결과를 통보해 드리겠습니다."

"그렇게 되면 일관성이 없습니다. 우리에게 맡겨주십시오."

"경찰이 군의 영내에서 군을 지휘한단 말입니까? 그건 유례가 없는 일입니다."

"지휘가 아니라 현장 조사입니다."

"불가합니다. 현역 대령의 사건이니 조사도 부검도 우리가 합니다. 경찰에게 맡길 수 없습니다."

군 당국은 실력 행사라도 할 조짐이었다. 별수 없이 채린이 기지를 발휘했다.

"정 그렇다면 잠깐만 기다려 주세요. 국과수 이창하 소장님에게 현장 체크를 받고 싶습니다."

"이창하?"

"군도 그분을 아시겠지요? 대한민국 대표 검시관에 강순지 중위를 부검하신 분입니다."

"끄응!"

군 책임자가 한숨을 쉬었다. 군 수사대라고 국과수의 이창하를 모를 수 없었다.

"여기예요."

창하가 현장에 내리자 채린이 손짓했다. 통화로 간략 설명이 되었으므로 바로 준비부터 갖추었다. 군 검시 팀에 맞춰 흰색 방진복까지 차려입었다.

"강 대령이 상의할 게 있다고 와달라고 간청하길래 잠시 들렀습니다. 목소리가 워낙 침통하게 들려서 느낌이 좋지 않았거든요."

안상개 소장이 상황을 설명했다.

"도착하니 이미 술을 좀 마신 상태더군요. 무슨 일이냐고 했더니……"

충격적인 고백이 나왔다. 강순지 중위를 살해한 범인이 자기라는 것이었다. 그는 강순지의 직속상관이었다. 강순지 사망에 즈음한 때였다. 군 내 관심병사의 자살 미수 건을 해결한 날, 조촐한 회식을 했다. 둘은 그때 관계를 가졌다. 술이 빚어낸 사고였다. 그러나 대령은 불안했다. 시국이 미투에 예민하고 위력에 의한 성 사건에 민감하기 때문이었다. 둘의 관계 역시 약간의 강제성이 있었던 것이다.

다행히 강순지는 뒤끝이 없었다. 오히려 강 대령에게 빠진 모습이었다. 더러는 그녀가 유혹의 눈길을 던졌고 종국에는 아내와 이혼하고 자기와 결혼하자는 제의까지 던졌다고 한다.

"성폭행 걱정은 넓었지만 더 큰 걱정의 시작이었다고 하더군요. 강 대령이 한순간 판단을 그르쳤지만 아내를 사랑했거든요. 그런 아내와 이혼하고 결혼하자고 조르니……"

강 대령은 거절했다. 그러자 강순지가 극단적으로 나왔다. 결혼해 주지 않으면 죽어버리겠다고 협박을 일삼았다는 것이다.

권총으로 자살하던 날도 그랬다. 휴가를 나가 강 대령을 불러냈다. 그들이 더러 만나던 부대 인근의 무인텔이었다. 잠시 시간을 내서 들렀다. 그녀가 옷을 벗고 덤벼들었다. 너무 적극적으로 나오니 이제는 무서워진 강 대령, 불편한 마음이라 발기가 되지 않았다. 강순지가 뜨거우니 형식적인 애무를 하며 달랬다.

"진짜… 언니하고 밤이라도 새우고 왔어?"

대령을 밀어낸 강순지가 권총을 뽑아 들었다.

"그건 또 왜?"

"웬 시치미? 전에 취한 날 이걸로 내 거기에다 장난친 거 모를 줄 알아요? 언니한테도 이거 많이 썼다면서?"

강순지가 총구를 사타구니로 가져갔다. 강순지의 엄장은 과장이 아니었다. 대령은 기구 자극을 즐기는 편이었으니 기구가 없으면 더러 권총 총구를 대용으로 삼았다.

"너 술 마셨냐?"

"나야, 언니야, 그거나 선택해요."

"강순지."

"어때요? 이러면 한 방에 간다며?"

강순지가 자신의 관자놀이를 겨눠보였다.

"위험해. 총 내려놔."

"이건 어때요? 확률은 이게 더 높다던데?"

이번에는 총구를 입에다 물었다.

"미안해. 나 솔직히 이혼은 못 해. 그 사람은 나만 바라보고 사는 사람이거든."

"그럼 나는? 나는 당신의 뭔데? 욕망 배출구?"

"순지야."

"됐어. 이제 당신은 파멸이야."

강순지의 손이 방아쇠를 잡았다.

"강 중위, 너 왜 그래? 위험하다니까."

"내가 지금 당신 겁주고 있는 거 같아?"

"……."

"내가 여기서 죽으면 당신 어떻게 되겠어? 별이고 가정이고 다 끝장이야. 바로 감옥행이라고."

"이러지 마. 아무리 그래도 우리 집사람은……."

타앙!

천둥이 울렸다. 피 보라와 함께 강 중위가 넘어갔다. 다행히 무인텔에는 손님이 없었다. 현장을 수습하고 혈흔을 닦아 냈다. 사라진 총알 하나는 대충 넘어갔다. 대령쯤 되면 그런 건 일도 아니었다.

"나한테 그런 고백을 털어놓더니……."

쾅!

자신의 머리를 겨누고 방아쇠를 당겨 버린 대령이었다.

"누를 끼쳐 죄송합니다. 제가 목숨으로 책임지겠습니다."

방아쇠를 당기기 직전의 발언이란다.

"직접 보신 겁니까?"

경청하던 창하가 비로소 입을 열었다.

"그렇습니다. 너무 순식간이라 말리지 못했습니다."

"어디를 쐈다고요?"

"머리……."

"아주 중요한 일입니다. 좀 더 정확히, 구체적으로 말씀해 주시겠습니까?"

"이마였던 것 같습니다."

"어느 손으로 어떻게 말입니까?"

"오른손으로 이렇게?"

소장이 손가락으로 자세를 취해 보였다. 앉은 채로 오른손으로 이마를 겨눈 자세였다.

"한 손으로요?"

"예."

"알겠습니다."

창하가 일어섰다. 그런 다음 시신에게 다가섰다. 사입구 아래로 흘러내린 핏줄기가 선명했다. 사입구에는 화약 연기, 즉 Smudging이 보였다. Smudging이 존재한다는 건 15㎝ 이내의 거리에서 발사되었다는 뜻이다.

머리를 돌려 후방부를 보았다. 그 부위의 소파는 피와 생체 파편으로 붉었다. 사출구는 뒤통수뼈 하단이었다. 창하 시선이 대령의 오른손으로 돌아갔다. 손은 깨끗했다. 바로 라텍스 장갑을 끼더니 대령의 오른팔을 든다. 길이를 가늠하는 것이다. 채린은 숨도 쉬지 않았다. 창하가 움직이고 있다는 것, 그건 곧 뭔가 냄새를 맡았다는 방증이기도 했다.

"검시 끝났으면 자리 비켜주시죠. 자살자 현장은 저희가 접수하겠습니다."

군 책임자 목소리에 힘이 들어갔다.

"잠깐!"

다가서는 군 조사관들을 창하가 막았다.

"이창하 소장님."

책임자가 견제구를 던졌다. 창하는 미동도 없이 그 말을 받아쳤다.

"대령 이름이 강민승이군요?"

"소장님!"

"그러나 이 사람은 자살자가 아닙니다."

"뭐라고요?"

"피살자입니다."

피살자.

모두를 경악시키는 창하의 발언이었다.

*　　　　*　　　　*

"피살?"

군 관계자들이 일제히 반응했다.

"검시관 선생, 그게 무슨 소리요?"

안상개 소장 목소리가 까칠하게 변했다.

"죄송하지만 사단장님 손을 좀 볼 수 있을까요?"

"내 손을 왜?"

안상개가 축을 세우고 나왔다.

"한 번이면 됩니다."

"지금 무슨 소리를 하는 거야? 당신 지금 나를 의심하는 거야?"

"피살자와 같은 현장에 있던 사람에게 기본 조사를 하는 건 수사의 기초라더군요. 형식상 확인하는 것이니 양해 바랍니다."

"못 하오. 눈앞에서 부하를 잃어 공황이 온 나에게……."

"그래서 부탁하는 겁니다. 눈앞에서 부하를 잃었으니 신속하게 정리해서 뒤숭숭해질 사단 분위기를 정리하셔야 하지 않겠습니까? 강순지 중위 사건의 DNA 검사는 거부하셨다지만 이 건은 성격이 다릅니다. 협조하지 않으면 나중에라도 사단장님이 오해를 살 여지가 있습니다."

"내가 무슨 오해를 산단 말이오?"

"사담 좋아하는 사람들 많지 않습니까? 여기 있는 분들 중에도 한두 분 있을 수 있습니다."

"……."

"잠깐이면 됩니다."

"젠장."

사단장이 손을 내밀었다. 두 손은 산뜻할 정도로 깨끗했다.

"손을 씻으셨군요?"

창하는 그 산뜻함의 정체를 알았다. 손에 비누 잔향이 남은 것이다.

"아, 조금 전에 긴장해서 화장실에 다녀오는 바람에……."

사단장은 결백하다는 듯 손을 뒤집어 보였다. 그러자 손등이 드러났다. 손등을 타고 창하 시선이 올라간다. 목표물은 소매. 그 소매에 창하 시선이 매섭게 꽂혔다.

"배 대령님."

창하가 군 책임자를 불렀다.

"말씀하십시오."

"군 당국은 강민승 대령을 자살로 보고 있습니까?"

"그렇습니다. 본인 권총에 본인 자택, 자연스러운 모습과 목격자까지… 물론 다른 가능성에 대해서도 정밀 수사를 할 생각입니다만."

"만약 자살이 아니면 범인은 강 중위 수사진에게 인계하실 겁니까?"

"제가 군 수사 경력만 19년입니다. 죄송하지만 총기 사건은 국과수보다 저희가 한 수 위입니다."

"질문에만 답해주시면 고맙겠습니다."

"제 판단이 틀렸다면 그렇게 하죠."

"그렇다면……."

창하가 시선을 돌렸다. 초점은 안상개 소장에게 맞춰졌다.

"다시 말하지만 강 대령은 타살입니다. 그는 자기 머리에 총을 쏘지 않았습니다. 권총을 쏜 사람은 여기 있는 사단장님입니다."

"뭐라고요?"

창하의 선언에 실내는 경악 속으로 빠져 버렸다.

"이봐, 당신!"

사단장의 목소리가 과격하게 올라갔다.

"증거를 설명하겠습니다."

마침내 창하의 카리스마가 불을 뿜었다.

"우선 피살자 강민승 대령, 그의 머리를 관통한 총알은 이마에서 약 40도 각도를 들어가 뒤통수뼈로 사출되었습니다. 강 대령이 스스로 총을 쏘았다고 하는데 그의 팔 길이를 고려할 때 이 각도에서 방아쇠를 당길 수 없습니다."

"무슨 소리요?"

군 책임자가 나섰다. 그건 채린이 막았다.

"계속하세요."

그녀가 창하를 지원했다.

"둘째, 대령의 자살이라면 방아쇠를 당긴 오른손에 탄환 잔여물이 있어야 합니다. 하지만 보다시피 그의 손은 깨끗합니다."

창하가 대령의 오른팔을 들어보였다.

"탄환 잔여물이 없기는 사단장님 손도 마찬가지요."

"손을 씻었으니까요. 세면대를 확인하면 화약 잔여물을 증명할 수 있을 겁니다. 하지만 그럴 필요는 없을 것 같습니다.

사단장님⋯⋯."

창하가 사단장 앞으로 성큼 다가섰다.

"여기 소매에 화약 흔적이 남았습니다. 수건으로 몇 번 문지른 모양인데 불행하게도 다 지우지는 못했습니다."

창하가 사단장의 소매를 가리켰다. 거기 탄환 잔여물의 흔적이 엿보였다.

"억측이야. 이건 실탄연습 때 묻은 거라고."

사단장이 악을 썼다.

"그렇다면 이건 어떨까요?"

창하 시선은 담담하게 사단장을 향했다.

"⋯⋯?"

"제가 사단장님 머리카락 몇 올 주웠습니다. 저기 강 대령과 같이 꼬냑을 마신 잔과 같이 가져가서 DNA 검사를 할 생각입니다. 죽은 강순지 중위의 유두에서 어떤 남자의 체액이 증명되었는데 강 대령과 사단장님 중의 하나는 일치할 것 같습니다. 과연 누구일까요?"

"⋯⋯!"

창하의 쐐기였다. 사단장 얼굴은 창백하게 변하는가 싶더니 다리까지 풀려 버렸다.

"연행해요."

군 관계자들이 당혹스러워하는 사이에 채린이 선수를 쳤다.

약간의 충돌은 있었다. 그러나 승자는 채린이었다. 채린은 눈치만 빠른 게 아니라 대비 또한 철저했다. 그사이에 기자들에게 문자를 보내 현장으로 부른 것이다. 군은 경찰을 누를 수 있다. 그러나 국민 여론은 결코 누를 수 없었다.

강민승의 시신이 창하 부검대에 올라왔다. 경찰청 수사도 급물살을 탔다. 현역 대령이 사망하고 사단장이 연행되자 보안의 고삐가 풀린 것이다.

"둘이 그렇고 그런 사이였죠."

첫 증언은 사단 인사계에게 나왔다. 둘은 조심했겠지만 감정까지 감출 수는 없는 노릇이었다.

사앗!

메스가 대령의 몸에 수직선을 그었다. 그의 몸은 '완전' 무결점… 이려다 말았다. 위도 간도, 심장에 폐도 튼튼했지만 결정적으로 현저하게 페니스가 작았다. 선천적인 것은 아니었으니 성기능이 제대로일지 의문이 들었다.

머리로 옮겨갔다. 사입구부터 찍었다.

찰칵!

'약 15㎝……'

탄환과 머리와의 거리였다. 이마에는 총구에 눌린 자국도 있었다. 총구로 눌러 협박을 한 다음에 방아쇠를 당겼다. 사단장의 실수였다.

뇌를 열었다. 그곳만은 정말이지 카오스 상태였다. 총알이

지나간 부위를 기준으로 참혹하게 부풀어 올라 출혈이 지천
이었다.

찰칵!

찰칵!

카메라가 바빠졌다. 총알이 지나간 자리의 증거는 죄다 영
상으로 남겼다. 사입에서 사출까지의 각도는 정확히 40도였
다.

대령은 앉았고 사단장은 서서 쐈다. 반항한 흔적은 없으니
순식간에 제압당했거나 그들만의 커넥션이 있을 수 있었다.
창하의 판단은 후자 쪽이었다. 두 사람 전부 강순지 중위와
연관이 있는 것이다.

"어떤 관계일까요?"

연륜으로 감을 잡은 광배가 조심스레 물었다.

"글쎄요, 군대라는 게 워낙 상명하복 집단이다 보니……."

"그건 우리도 같지 않습니까?"

"그래도 우리는 좀 약하죠."

"삼각관계 아닐까요? 강 중위를 놓고 두 남자가 쟁패를 다
투다……."

원빈의 생각은 지극히 현실적이었다.

"우 선생, 연대장이 사단장하고 경쟁이 돼?"

광배가 이의를 제기한다.

"사단장이 강 중위를 짝사랑하다가 이번 사건의 냄새를 맡

고서 대령을 응징했을 수도 있지요."

"우 선생."

"궁금하니까 그렇죠. 자그마치 장교 둘이 머리를 쐈잖아 요?"

"우리는 법의학하니까 법의학 기준으로 상상해야죠."

신중하던 창하가 말문을 열었다. 두 조력자가 창하를 바라 보았다.

"첫 번째 강순지, 자기 입에 권총 총구를 물고 방아쇠를 자 기 손으로 당겼어요. 손에 남은 탄환 잔여물이 말하고 있으니 까요. 그러나 그녀 몸에는 안상개의 체액이 남아 있었죠. 그 렇다면 사건 당시 최소한 안상개와 한 명 이상의 사람이 그녀 와 있었을 수 있습니다. 두 번째 강민승, 그녀와 내연관계입니 다. 그러나 그 역시 자기 권총으로 최후를 맞았습니다. 쏜 사 람은 안상개입니다."

"……"

"마지막으로 사단장 안상개. 그의 체액이 강순지의 유두에 서 나왔습니다. 그러나 정액은 없으니 직접 성관계까지는 아 닙니다. 그는 강순지의 사망 현장에 있었는데 강민승의 사망 현장에도 있었습니다. 강순지의 유두에서 나온 체액, 강민승 총기 사선에서는 탄환 잔여물의 입증… 이 두 가지는 현장에 서 절대 나와서는 안 되는 물증들입니다. 정리하면, 두 사건의 범인은 모두 안상개 사단장입니다."

"선생님……."

"뭔가 옵션을 걸었겠죠. 아니면 두 사람이 잘못된 관계를 갖는 걸 빌미로 양쪽을 협박했던지."

"사단장이오?"

"사단장은 인간 아닙니까? 계급장을 떼고 나면 중늙은이가 되어가는 황혼의 수컷일 뿐입니다. 어쩌면……."

"……."

"부러웠는지도 모르겠군요. 잘못된 욕망의 발동으로 말입니다."

창하가 설명을 맺었다.

사건의 전모는 저녁 무렵에 밝혀졌다. 침묵하던 안상개가 자백을 한 것이다. 채린이 전화로 소식을 알려왔다.

—선생님, 배 경위가 안 사단장의 자백을 받았어요.

"진짜요?"

—배 경위가 선생님을 벤치마킹했다고 하더라고요. 그게 제대로 먹혔어요.

"어떻게 된 거죠?"

—강 중위 건은 선생님 생각대로였어요. 사단장이 휴가 중인 강 중위를 그들 둘이 만나는 무인 호텔로 불러냈더군요. 무인 호텔도 미리 알고 있었다고 합니다. 강 대령, 아, 당시에는 승진 심사를 이틀 앞둔 중령이었다네요. 그 호텔서 미리 각성제를 탄 술을 먹이고는 관계 폭로를 협박하며 성관계를

요구했답니다. 난데없는 기습으로 가슴 애무까지는 건드렸는데 강 중위가 바로 저항을 했답니다. 그러자 사단장이 권총을 꺼내 들었다네요.

"……."

—못 먹을 떡이라면 죽어라. 그럼 강 중령은 승진시켜 주겠다. 아니면 자기하고도 만나달라고 딜을 했대요. 그러자 강 중위가 그건 죽어도 싫다고… 강 중령은 건드리지 말라고 하고는 권총 총구를 물더니 자기가 방아쇠를 당겨 버렸다는 거예요.

"각성제 부작용입니다."

—부작용요?

"현실 인식 장애, 공격성 증가, 망상 등이 올 수 있거든요. 각성제는 어디서 구했다고 하던가요?"

—사단장의 아들이 ADHD, 즉 과잉행동장애를 앓고 있다고 합니다. 입원과 퇴원을 반복하면서 남은 약인데 누군가 흥분제와 성분이 똑같다고 해서 모아서 사용했다고 하더군요.

"허얼."

—사단장 말은 자기도 그럴 줄은 몰랐다고… 그냥 겁만 줄 생각이었다고 합니다.

"총알은요?"

—강 중령의 권총에서 슬쩍한 거라고 합니다.

"……."

─부대에 확인해 보니 승진은 예정대로 되었다고 합니다. 강 중위가 행방불명되었지만 휴가 중이라 신고되지 않아서 심사에 영향을 미치지 않은 모양입니다.

"……."

─그리고 강 중령 살인 건은 딜을 하다가 결렬되었기 때문이라고 합니다.

"딜?"

─모든 사실을 숨긴 채 강 중령을 다그쳤다네요. 결국 너 때문이 아니냐? 네가 건드렸기 때문에 여자가 자살한 것 아니겠냐? 그러니 책임을 져라. 그렇지 않으면 사단장이 나서서 대령 너의 과거를 폭로하겠다.

"대령이 말을 듣지 않았군요?"

─오히려 사단장을 의심했다네요. 대령도 강 중위를 통해 사단장이 추파를 던지는 걸 알았답니다. 사건 당일 행적도 뒷조사를 하고 있었고… 그러던 차에 그런 말이 나오니 아예 대놓고 따진 모양입니다.

"사단장이 열받았겠군요."

─예, 그래서 권총을 겨누고 겁을 줬는데 거기서 대령이 선을 넘었답니다.

"선이라면?"

─이번에는 또 누구 총알을 훔쳐 왔습니까?

대령이 맞선 말이었다.

"과거에 한 발 사라졌던 자신의 총알… 사단장이 가져간 걸 알고 있었군요?"

—심증은 있었나 봅니다. 순간 흥분한 사단장이 방아쇠를 당겼답니다. 그런 다음에 권총을 던져놓고 신고를…….

"용의주도하게 손도 씻었고요?"

—네.

"시신 냉동은요? 자백이 나왔나요?"

—거기서 가장 많이 놀라더군요. 선생님의 부검 실력에…….

"대한민국 법의학을 아주 우습게 봤군요?"

—시신은 지인이 운영하는 냉동창고 구석에 이런저런 핑계를 대고서 보관해 두었었다고 합니다. 그러다 그 창고 내부공사가 시작되면서 치워달라기에 꺼내 와 은닉했다고 하네요. 자기 딴에는 2년 가까이 잠잠했으니 지문만 없애면 설령 시신이 발견되더라도 괜찮을 걸로 생각했답니다.

"한 가지 궁금한 게 있네요."

—뭐죠?

"대령 말이에요, 왜 가정을 버리지 않았나요? 그렇게 어린 부하와 놀아나면서."

—저도 궁금했는데 강 대령이 과거 부하들 수류탄 투척 때 주요 부분에 파편상을 입었더군요. 불발이 난 수류탄을 제거

하는 과정에서 폭발을 했대요. 그때 이후로 한동안 발기가 안 됐는데 아내가 불평 없이 살아줬대요. 그게 미안해서 차마 이혼 이야기는 꺼내지 않았다고… 육사 동기이자 절친에게 들은 말인데 이해는 되더라고요.

"그런데 강 중위에게는 발기가 되었군요?"

―그런 모양이에요. 짚신도 짝이 있다더니……

"그건 그렇다고 쳐도 무슨 이해요? 그렇게 양심적이면 애당초 그런 짓을 하지 말았어야죠."

―그렇죠?

"사단장의 다른 말은요?"

―자백 후에 선생님 이야기를 하면서 치를 떨었어요. 그게 신들린 무당이지 사람이냐고……

"다시 보면 전해주세요. 무당의 신통력보다 법의학의 과학이 더 무서운 거라고. 특히 범죄자들에겐 말이죠."

창하의 시원한 마무리였다.

제5장

—

수영선수의 욕조 익사

가칭 한국법과학공사 법안이 국회에 상정되었다. 국과수 외의 기관에서 행정 부검과 사법 부검을 할 수 있는 길이 열린 것이다. 물론 아직은 절차가 남아 있었다. 상정이지 통과는 아니었다.

그 두 주의 시간 동안 창하는 눈코 뜰 새 없이 분주했다. 하나는 중국의 부검 팀 연수 때문이었다. 그들을 인솔해 온 사람은 중국 국과수에 해당하는 기관의 수장이었다. 그는 마치 수련의처럼 진지하게 연수 과정에 임했다. 덕분에 창하 역시 더 매진하는 수밖에 없었다.

또 하나는 싱가포르 팀이었다. 그들은 닥터 젠슨의 추천으

로 국과수를 찾아왔다. 현재 추진 중인 법과학공사 시스템에
도 관심이 많았다.

가장 반가운 건 레일라의 방한이었다. 그건 정말이지 전격
적이었다.

—이 선생님.

이른 아침, 눈을 뜨기도 전에 그녀의 전화가 걸려온 것이다.

"레일라?"

—지금 어디세요?

"집인데요?"

—저는 지금 어디게요?

"예?"

—검색해 보니 공항에서 선생님 집까지 1시간 40분, 국과수
는 1시간 50분이 걸리네요. 선택하세요?

"무슨 말인지……?"

—제가 지금 인천공항에 있거든요.

"예?"

—선택하라니까요. 뭐 귀찮으면 바로 추방하셔도 되고요.

"맙소사, 진짜예요?"

—선택!

"아, 미치겠네. 진짜면 기다리세요. 제가 지금 날아갈 테니
까."

—선택만 해요. 가는 방법은 한국 학생에게 물어서 알고 있

으니까요.

"그럼 집으로 오세요. 오다가 길 이상하면 바로 연락하고
요."

―네.

레일라가 전화를 끊었다.

'뭐야?'

미치도록 황당했다. 레일라라니? 엊그제 통화 때에도 언질
이 없었다. 허벅지를 비틀어보지만 눈물 나게 아프다. 꿈은 아
닌 모양이었다.

'이럴 때가 아니지.'

여자가 온다. 그것도 좋아하는 여자가 온다. 그렇다면 혼자
살던 남자는 무엇부터 해야 할까?

정답은 청소였다.

여기저기 어지러운 것부터 정리한다. 침대보도 반듯하게 맞
추고 테이블의 너저분한 것들도 치운다.

'아, 환기…….'

창으로 뛰어가 다 열어젖힌다. 책상의 자료도 키를 맞추고
휴지통도 깔끔하게 비워 버린다. 그러나 아직도 멀었다. 하나
를 치우면 또 다른 것이 거슬린다. 싱크대는 왜 또 이렇게 더
러울까? 변기는? 세면대는? 책꽂이는?

"으아악!"

비명을 지르며 먼지를 털고 걸레질을 한다. 치약 물로 군데

군데 얼룩진 수건장의 거울도 닦는다. 겨우 숨을 돌리려니 베란다에 멋대로 걸어둔 속옷이 보인다.

'미치겠네.'

부검은 국가대표지만 집 안 관리는 꽝이었다. 마음은 급하지만 시간은 천천히 가는 법이 없다. 어느새 그녀가 올 시간이었다.

디롱다로롱.

핸드폰이 다시 울렸다. 그녀가 맞았다.

"어디예요?"

창하가 영어로 묻는다.

―제대로 찾은 거 같아요.

"그럼 엘리베이터 타고 올라오세요."

―오케이.

레일라의 답은 시원했다. 잠시 후에 그녀가 창하 집의 문을 열었다.

"와우!"

그녀 입이 쫙 벌어진다. 1시간 30분 만에 완전하게 변모한 방 안 풍경 때문이었다. 테이블에는 꽃이 꽂혔고 침대보는 새것으로 바뀌었다. 너저분한 책상과 싱크대도 마치 새것처럼 반짝거렸다. 그녀가 알 리 없다. 저 구석의 상자 안에 온갖 잡동사니를 쑤셔 박았다는 것.

"진심으로 환영합니다."

창하가 카라꽃 한 송이를 내밀었다.

"선생님."

그녀는 꽃 대신 창하를 안는다. 끌고 온 여행용 트렁크가 쓰러져도 개의치 않는다. 긴 밤을 날아오며 쌓인 기다림 때문일까? 키스만으로는 되지 않는다. 서로를 탐닉하던 둘은 결국 침대 위에 쓰러지고 말았다.

띠이띠이!

커피포트의 알람도 덩달아 뜨겁다. 그 입구에서 나오는 열기처럼 침대의 창하와 레일라도 뜨거워지고 있었다. 햇살이 벗다만 나신에 내려앉아도 개의치 않는다. 긴요한 곳만 노출시킨 채 둘은 절정으로 파고들었다. 태양보다 뜨거운 절정 속으로.

화아악!

태양의 흑점이 폭발하듯 창하가 폭발했다. 레일라는 그 폭발을 고스란히 받아들였다. 긴 그리움이, 긴 기다림이 영혼의 양식으로 녹아드는 것 같았다.

"이 선생님."

몸서리를 치던 그녀가 창하를 바라보았다.

"배고프죠?"

창하가 물었다.

"아뇨. 배고픔보다 크게 비워졌던 곳, 당신이 채워주었는걸요."

레일라가 창하 얼굴을 마주 잡았다.

"굉장히 보고 싶었어요."

"나도 그랬어요."

"진짜요?"

"그럼요. 왜 거짓말을 하겠어요?"

"그럼 왜 말하지 않았어요?"

"당신은 바쁘니까. 게다가 미국이 한국의 옆 동네도 아니고……."

"저 고백 하나 해도 돼요?"

"어떤 고백요?"

"실은 이 여행을 계획하면서 생각했어요. 운명이다. 이렇게 가서 이 선생님을 못 만나게 되면 잊어버려야겠다."

"예?"

"자꾸 선생님 생각이 났거든요. 그래서 법의학자답지 않더라도 운명에 한번 맡겨보고 싶었어요."

"흐음, 어디 출장이라도 갔으면 큰일 날 뻔했네?"

"저 잘 온 거죠?"

"당연히… 와줘서 고마워요."

"늦었지만 소장으로 승진한 거 축하해요."

쪽!

"그리고 당신이 원하던 법안이 국회에 올라간 것도."

쪽!

"그리고 이건 집에 있어줘서 드리는 인사예요."

쪽!

세 번의 키스가 이어졌다. 창하가 그녀를 당겨 안았다. 이런 기습이라니? 정말이지 상상도 못 한 방문이었다.

"며칠 휴가예요? 설마 바로 돌아갈 건 아니죠?"

"3일과 1주일 둘 중에 선택하세요. 오픈티켓으로 발권했거든요."

"그럼 당연히 1주일이죠."

"와우."

그녀가 창하 품을 파고들었다.

"이제 식사해야죠."

창하가 식탁보를 벗겼다. 그러자 고소한 잣죽 냄새가 폴폴 풍겼다.

"한국 전통 음식인 궁중잣죽입니다."

"궁중잣죽?"

"왕족들이 먹던 것이죠. 서양 스프와 비슷하게 끓였으니 맛보세요. 아빠의 요리만은 못하겠지만 긴 비행 뒤라 먹을 만할 거예요."

"냄새가 좋아요."

레일라는 잣죽을 맛나게 먹었다. 끓인 사연이야 알 리 없다. 초비상 사태에 접어든 창하. 아무리 봐도 준비할 게 없었다. 그때 형수가 선물로 놓고 간 가평 잣이 눈에 들어왔다. 잣

에 쌀을 더하면 잣죽이 된다. 부족한 시간은 쌀을 믹서기에
갈아서 해결했다.

"그런데……."

디저트로 커피를 내려준 후에 슬쩍 운을 떼고 들어갔다.

"뭐가요?"

"진짜 나만 보려고 온 거예요?"

"예?"

"놀라는 것 좀 봐. 다른 용건도 있죠?"

"그게……."

레일라가 진땀을 흘린다. 그녀에게는 이런 순수함도 있었
다.

"실은 젠슨 박사님께 휴가 좀 낸다고 했더니 이유를 물어
요. 속이기도 뭣해서 한국에 간다고 했죠. 휴가 신청서에 사인
해 주는 대신 이걸 끼워주시더라고요. 기회가 되면 선생님 견
해를 좀 물어봐 달라고요."

레일라가 USB 하나를 꺼내 보였다.

"뭐죠?"

"요즘 뉴욕대학을 뒤집고 있는 사건이 있는데 혹시 아세
요?"

"뉴욕대요?"

"리처드 기어의 이미지에 브래드 피트의 야생성, 거기에 맷
보머의 지성미까지 콤보로 갖춘 프랑스 출신 대학원생이 한

명 있는데 최근 8개월간 여대생 둘과 두 번 결혼을 했어요."

"와우, 대단한 능력이군요."

"그런데 그 두 여자가 전부 사망이에요."

"예?"

"모두 집 안 욕조에서 목욕을 하다가 죽었어요. 공식 사인은 발작 익사였어요."

"8개월간 둘이나요?"

"예."

"둘 다 발작 익사요?"

"좀 이상하죠?"

"많이 이상한데요?"

"더 이상한 건 이 남자가 탄 보험금이에요. 첫 여자의 보험금도 거액이지만 두 번째는 무려 1,200만 불이라네요."

"거금이군요."

"말로는 첫 여자가 죽고 나니 두 번째 신부가 걱정되어 대학원 장학금과 알바비를 거의 다 보험료로 밀어 넣었다는데 그게 더 이상하잖아요? 저 같으면 집을 옮기든지 욕조를 바꾸든지 했을 거거든요."

"시신 부검은 했나요?"

"첫 번째는 경찰 조사 후에 화장을 했다고 하고요, 두 번째는 지역 검시관이 부검을 했어요. 첫 사건과 유사하다 보니 욕실의 구조에 감전 우려가 있나 싶었다더라고요."

"가능성 있는 추론이군요?"

"하지만 부검으로 나온 건 아무것도 없었어요. 목을 누른 흔적도, 입을 막은 것도, 저항흔은 물론 약물까지도 불— 검— 출."

"알코올은요?"

"역시 No."

"물 온도는요? 너무 찬물 아니었나요?"

"저희도 두 가지를 다 생각해 보았죠. 하지만 찬물로 인한 쇼크 징후로 나타나는 인후 폐쇄도 없었다고 합니다. 온수 보일러가 돌아간 흔적이 있고 사망자의 몸 역시 차갑지 않았으니까요."

"그럼에도 젊은 여대생들이 욕조에서 사망을 했다?"

"두 번째 신부는 고등학교 때 수영선수였답니다. 소식을 들은 그 신부의 친구 하나가 다른 친구들과 함께 뉴욕 경찰을 찾아갔었나 봐요. 그래서 우리 뉴욕검시센터에 재검토 의뢰가 온 것이죠."

"시신은 화장을 했군요?"

창하가 물었다. 재부검이 아니고 재검토였다. 그렇다면 시신이 없다는 추론이 가능했다.

"둘은 법적 부부였으니까요. 부검이 끝나기 무섭게 화장하고 보험금을 수령했다고 합니다. 계획 살인이었다면 지금쯤 그 남자는 지중해 해변의 비치파라솔 아래에서 또 다른 여대생을 끼고 희희낙락거리고 있을지 모르죠."

"……."

"젠슨 박사님이 다른 법의관과 함께 검토했는데 두 가지가 나왔어요."

"의혹을 찾았습니까?"

"두 가지는 이거예요. 어떻게 보면 모든 것이 의혹이고, 또 어떻게 보면 모든 게 정상이다."

"……!"

"검토해 주실 시간 있어요?"

"당연하죠. 미국에서 보낸 의뢰인데?"

창하가 콜을 받았다.

"그럼 랩톱 좀 쓸게요."

레일라가 창하 노트북을 끌어당겼다.

"보세요. 부검 당시의 사진입니다."

레일라가 화면에 사진을 띄웠다. 군살 하나 없는 은발의 여대생이 거기 누워 있었다. 화면이 여대생의 외표를 따라간다. 전체를 조망한 후에 머리로 올라간다. 머리카락을 들추며 곳곳을 찍는다. 유의할 만한 손상은 없다. 콧구멍과 귀를 체크하고 목으로 내려와 좌우를 비춘다. 그 또한 외상이 전혀 없었다.

이제 손으로 간다. 손과 손톱은 타살에 중요한 단서를 제공할 수 있다. 격투가 벌어지면 피살자 손에도 흔적이 남는다.

목을 졸랐다면 저 손톱에 범인의 DNA가 남았을 수도 있었다.

손도 멀쩡했다. 손톱 역시 깨끗하지만 손톱은 육안으로 알 수 없다. 사이에 낀 물질을 긁어내 정밀검사를 해야 한다.

그런데…….

"……?"

왼손은 달랐다. 뭔가를 쥐고 있었으니 작은 때 타월이었다.

"때 타월이잖아요?"

창하가 물었다.

"예, 쥐고 죽은 모양입니다."

레일라가 답하는 사이에도 영상은 돌아간다. 혹시 모를 성폭행을 위해 질과 항문을 체크하는 장면이었다.

이제 부검은 절개로 들어간다. 혈액에 이어 위액과 조직을 딴다. 약물과 독극물 등을 위한 샘플이었다. 이어 각 장기를 확인하지만 사망을 야기할 문제는 나오지 않았다.

"감전은요? 욕조 쪽에 전기가 흐르지는 않았나요?"

창하가 또 물었다.

"전혀요. 혹시라도 누전이 되는가 집 안 전기 전체를 살폈는데 완벽했다고 합니다."

"으음…….."

"……."

"어쨌든 이 건은 발작과는 상관없는 것 같습니다."

"어째서죠?"

"때 타월이오, 그걸 쥐고 있잖습니까? 발작이라면 경련이 반복될 테니 뭔가를 쥐고 죽을 수 없습니다. 오히려 놓쳐야죠."

"……."

"저항 없이 익사를 시키려면 조건이 필요합니다. 의식을 잃게 하는 것. 그러자면 세 가지 중의 하나는 증명되어야 합니다. 머리를 때려 기절시켰을 때 남을 머리의 손상, 목을 졸라 기절 시켰을 때의 목의 손상, 마지막으로 약물로써 제압했을 때의 약물 검출."

"이 부검에는 그 셋이 다 없어요. 그러니 모두가 의혹 같고, 모두가 정상 같은 거죠."

마지막으로 부검 서류 화면이다. 질병도 없고 검출물도 없었다. 하다못해 맥주 한 잔도 마시지 않은 것이다.

"잠깐 오세요."

창하가 앞서 걸었다. 자신의 욕실이었다. 거기 욕조에 물을 받기 시작했다.

"욕조 물이 어느 정도인지 아세요?"

"70% 정도였다고 해요."

"그럼 이 정도로군요."

창하가 물을 잠갔다.

익사는 꼭 물의 양에 비례하지 않는다. 앞선 편들의 익사 이야기에서 나오듯 접시 물에도 빠져 죽을 수 있었다. 실제로 노인이나 장애를 가진 경우, 혹은 과음한 사람들의 경우, 자칫 욕조에 빠져 생을 마감하는 경우도 왕왕 있었다.

"어떤 자세로 죽었나요?"

"욕조에 완전히 빠져서 배영하다 쉬는 듯 둥둥……."

"완전 난해하네요."

"그렇죠?"

"욕조 말이에요. 사건 당시가 겨울도 아닌데 둘 다 욕조에 물을 받았어요. 젊은 여성들은 대개 샤워를 즐기지 않지 않나요? 여자의 피부온도 메커니즘은 남자보다 두 배나 예민하잖아요. 보통의 여자들은 실내 온도 25도에서 쾌적함을 느끼는데 당시 기온으로 보아 실내 온도는 이 부근이 되었을 겁니다. 게다가 외출했다 돌아온 것도 아닌데 욕조 목욕은 좀……."

"아, 그렇네요."

"물론 취향은 있겠죠. 하지만 두 경우가 다 그렇기는 힘들죠. 나중에 돌아가시면 두 집의 물 사용량을 체크해 주세요. 욕조 취향이라면 물 사용량이 평균 이상일 테고 이날만 욕조였다면 다른 달과 비교가 될 겁니다."

"참고하죠."

"남편의 알리바이는요? 물론 완벽하겠죠?"

"두 번 다 집 근처에서 알리바이를 만들었어요. 한 번은 이웃집 할머니의 제초기를 돌려준 후였고 두 번째는 페인트칠을

돕다 들어갔다가 아내가 죽은 걸 발견하고 신고를 했어요. 그 할머니와 이웃 남성은 자연스럽게 증인이 되었죠."

"남편이 범인이라면 그 직전에 살해하고 나온 거겠군요?"

"그렇겠죠? 사망 시각이라는 게 컴퓨터처럼 시 분 초까지 맞출 수는 없으니까요."

"욕조에서 죽이고 나갔다?"

창하가 웃옷을 벗었다.

"선생님."

레일라가 놀라지만 개의치 않는다. 팬티 차림으로 욕조에 들어가 앉는 창하.

"특정 질환이 없는 사람을 기절도 안 시키고 목도 안 누르고 약도 안 먹이고 익사시키는 방법이라면……."

창하는 여러 동작으로 움직였다. 욕조 가운데서 조는 자세를 취해보고 머리를 입수하기도 했다. 다리를 꼬고 욕조 경계에 걸치기도 한다.

"제 포즈 어때요?"

그 상태로 질문을 던지는 창하. 두 다리를 세워 욕조 가장 자리에 걸친 자세는 차마 곱지 않았다.

"이제 그만하세요."

레일라가 울싱을 짓는다.

"그렇잖아도 그만할 생각이었습니다. 지금 막 그 방법을 찾았거든요. 기절도 안 시키고 목도 안 조르고 약이나 술도 안

먹이고 익사시키는 방법."

"예?"

"제 다리를 잡아보세요."

"선생님."

"어서요."

창하가 소리쳤다. 천둥이 실린 듯 묵직한 목소리였다. 레일 라는 더 황당해진다. 대체 어떤 방법을 찾았다는 건가?

제6장
—
세계를 경악시킨 법인류학의 진수

"내 다리를 사정없이 들어보세요."

"선생님."

"어서요."

"……."

"글쎄, 빨리 들어봐요."

"이렇게요?"

레일라가 다리를 잡았다.

"아니, 현장 새연한다고 생각하고 인정사정없이 확."

"선생님, 그럼 선생님이……."

"안 되겠네. 레일라가 욕조로 들어가요."

창하가 욕조에서 나왔다.

"선생님."

"지금 부검 실험하는 겁니다. 아무 생각 말고 들어가요."

"아우……."

창하가 다그치자 레일라가 욕조에 입수했다. 그녀 역시 속옷 차림이었다.

"다리를 욕조 위에 걸쳐요. 둘 다."

"선생님."

"좀 잘못되더라도 참아요."

창하가 레일라의 두 다리를 잡았다. 그런 다음 단숨에 잡아채 들어 올려 버렸다.

"헙푸!"

레일라의 상체는 찍소리도 못 하고 욕조에 가라앉고 말았다. 다리를 들어 올리니 지렛대처럼 상체가 저절로 잠겨 버리는 것이다. 순식간의 일이라 대처할 틈도 없었다.

"어때요?"

다리를 놓으며 묻는 창하.

"어푸, 하푸!"

레일라는 격하게 물을 뿜으며 고개를 저었다.

"꺼억, 껍. 선… 생님."

식도로 넘어간 물을 토하며 거친 숨을 고른다. 그러다 문득 눈이 휘둥그레지는 레일라였다.

"······?"

"두 번의 우연은 일어나기 힘든 법이니··· 그게 바로 범인의 수법이었을 가능성 99.9%입니다."

"선생님."

레일라가 벼락처럼 반응했다. 욕조 밖의 창하가 부검의 신처럼 보였다. 한마디로 명쾌하다. 이렇게 간단한 추론을 뉴욕에서는 하지 못했다. 목과 머리의 외상, 혹은 약물과 독극물을 찾느라 헛발질만 해댄 것이다.

"미안했어요. 나오세요."

창하가 손을 내준다. 그걸 잡고 나온 레일라가 창하 품에 안겼다.

"컥컥."

레일라는 창하 품에서 물을 토하느라 마른 구역질을 해댔다. 창하가 그 등을 두드렸다. 그런 다음 따뜻한 물을 가져다 건네주었다.

"그거였네요. 식도!"

"맞아요. 다리를 들면 거꾸로 서는 꼴이지요. 물이 별안간 식도와 기도로 넘어갑니다. 불가역적인 상황으로 인해 미주신경이 대미지를 받습니다. 그 영향은 심장으로 이어지지요. 마침내 외식이 흐려지게 되니 물속에 잠긴 까닭에 결국 죽게 되는 겁니다. 비명 한 번 지를 수 없지요. 범인은 그 후에 태연하게 밖으로 갑니다. 이웃과 이야기하며 알리바이를 만들다 문득 집으로 가서 비명을 지릅니다. 우리 와이프가 죽었어요. 그럼 그 이웃이 달려와 자연스레 증인이 되어주는 거죠."

"완벽하네요."

"발작은 절대 아닙니다. 그건 손에 쥐고 있는 때 타월이 증명이에요."

"역시 선생님. 하지만……."

레일라가 바로 울상을 지었다.

"증거 말이죠?"

"네. 미주신경 압박은 다양한 경우에 일어나잖아요?"

"정황증거를 찾으세요. 미국은 배심원제도이니 공감을 살수 있을 겁니다. 수도국에 체크해서 일일 물 사용량을 알아보세요. 분명 이날만 욕조를 썼을 겁니다. 나아가 젊은 여자들이 선호하는 샤워가 아니라 두 여자가 죽을 때마다 굳이 욕조를 쓴 점을 짚으세요. 범인이 사망자를 발견하는 과정과 알리바이 과정… 잘 체크하면 두 사건이 복사본일 겁니다. 똑같은 경우가 서로 다른 여자에게 일어날 확률은 얼마나 될까요? 배심원들을 흔들 수 있을 겁니다."

"이 견해가 당신 것이라는 것을 재판정에서 밝혀도 될까요?"

"물론이죠."

"아!"

레일라의 표정이 다시 밝아졌다. 이제 안심이 되는 모양이었다. 그녀는 바로 젠슨에게 전화를 걸었다.

"박사님."

그녀도 들뜨고 젠슨도 들떴다. 해묵은 숙제 하나를 풀게 된 것이다.

"고맙습니다."

젠슨이 창하에게 감사를 전했다.

"그럼 이제 레일라는 공무 출장이 되는 겁니까?"

―압력이군요?

"그렇게 되나요?"

―공무 출장으로 수정해 두지요. 하지만 이 선생님을 필요로 하는 소식이 하나 더 있는데 전해도 될까요?

"반갑지 않은 소식이라고요?"

―닥터 리암 아시죠?

"아, 캐나다 독극물 권위자 말이군요?"

―혹시 전화 오지 않았습니까?

"가끔 연락하기는 하는데 최근 한 달은……."

―곧 올 겁니다. 제게 의견을 묻더군요.

"무슨……?"

―젊은 분들끼리 의기투합해야 하는 일이니 연락이 오면 알아서 하십시오. 아무튼 욕조 사건에 대한 견해는 정말 고맙습니다.

젠슨의 전화가 끊겼다.

"공무 출장으로 해준대요?"

창하를 뒤에서 안고 있던 레일라가 물었다.

"그럴 것 같은데요?"

"와우!"

레일라가 환호를 했다. 그녀와 창하의 손이 하이 파이브를 만드는 순간 창하의 핸드폰이 다시 울렸다. 젠슨의 말대로 리암이었다.

"리암."

창하가 전화를 받았다.

―안녕하세요?

리암의 목소리는 밝았다. 몇 마디 의례적인 인사가 오간 후에 본론이 나왔다.

―저를 좀 도와주시지 않겠습니까?

"리암을요?"

―약속부터 해주시면 용건을 말씀드리겠습니다.

"그랬다가 제가 능력 부족인 일이면 어쩌게요?"

―이 선생님이 능력 부족이면 지구상의 누구도 할 수 없는 일입니다.

"그렇게까지 말씀하신다면 약속드리죠."

―실은 이번에 유럽 왕가로부터 부검 의뢰가 들어왔습니다.

'유럽 왕가?'

―2차 대전 당시 참변을 당한 왕가인데요, 최근 들어 러시

아에서 해제된 기밀문서 가운데 이 왕가의 참변에 대한 기록이 나왔답니다. 기록에 의하면 당시 독일이 본보기로 노르웨이의 Elavag 타운을 초토화시켜 유대인 절반 정도를 살상하고 대학생들과 독일에 비협조적인 인사들을 다카우 수용소에 몰아넣었는데요? 당시 유대인에 대해 우호적이었다는 이유로 왕세자 일족을 몰살시켰다고 합니다. 이는 이 현장을 지휘한 독일군 고급장교가 러시아에 포로로 잡히면서 자백한 내용이라고 합니다.

"맙소사."

─이들은 왕세자 일가를 사살한 후에 만행이 알려지는 것을 막기 위해 황산과 휘발유 등을 뿌리고 불까지 질러 은폐했다고 합니다. 그러나 하녀 하나가 기적적으로 살아 왕에게 증언을 했고 결국 전란의 와중에 다른 시신들처럼 마구 방치된 시신 여섯 구를 찾아 장례를 치렀습니다. 그렇게 80여 년이 흘렀는데 최근에 해제된 러시아 문서에 이르기를 당시 몰살 작전을 실시하면서 왕세자 일가에게 독극물이 든 차와 빵을 먹였는데 아들인 '군'이 차를 마시지 않아 참살 현장에 없었다고 합니다. 하여 궁을 포위하고 닥치는 대로 사살한 후에 군과 비슷한 차림을 한 남자아이 시신을 가져다 같이 불태웠고 그것으로도 모자라 유사한 참극을 여러 차례 수행하여 성인근이 피바다를 이루었다고 합니다.

"저런."

몸서리가 났다. 과거 우리 궁궐에 난입한 일본군의 만행을 보는 것만 같았다.

―노르웨이 왕가는 전란 후에 왕세자의 시신을 재수습해 정식 묘역을 조성했지만 이 문서 때문에 혼란에 빠지고 말았습니다. 당일 왕세자의 성과 인근에서 유사한 참극이 많았다고 하니 자칫하면 엉뚱한 시신을 왕가 묘역에 묻었을 수도 있게 되었죠. 그게 아니더라도 일시 참사를 면했던 왕세자의 아들 유골의 진위 역시 보장할 수가 없게 된 거죠.

"……"

―그래서 저를 소환하게 되었습니다. 묘역에서 시신을 꺼내 진짜 왕세자 일가가 맞는지 확인해 달라는 요청인데 이미 80여 년 전의 일입니다. 저쪽의 요청에 빗대볼 때 인품에 실력까지 갖춘 법의학 파트너가 필요한데 그런 사람은 선생님뿐이라는 생각이 들었습니다.

"리암……"

―선생님이 전에 말했던 한국의 법과학공사 말입니다. 이런 일도 범주에 드는 것 아닌가요? 그러니 구미가 당길 것으로 생각합니다만… 선생님이 허락하시면 노르웨이 왕가에 보내는 수락문에 선생님과 제 이름을 같이 올려놓겠습니다.

"설마 이미 보낸 것은 아니겠지요?"

―하핫, 실은 지금 막 엔터키를 누르려던 참입니다.

"……"

―누를까요?

"언제부터입니까?"

―빠를수록 좋죠. 제가 일을 미뤄두면 좀이 쑤시는 체질이거든요.

"그건 저랑 비슷하군요."

창하가 답했다. 수락이다. 리암이 창하의 뇌관을 건드린 것이다. 이런 부검 또한 법과학공사가 지향하는 업무의 하나였다.

―눌렀습니다. 전송 완료, 출국 일자가 잡히면 연락주시기 바랍니다. 제가 먼저 가서 준비하고 있겠습니다.

리암과의 통화가 끝났다.

노르웨이 왕가의 유골 확인. 그야말로 전격적인 제의였다.

"기대 이상인데요?"

국과수에 도착한 레일라가 빙그레 미소를 머금었다.

―관광과 국과수 견학 중 택일.

창하가 옵션을 걸자 그녀는 국과수를 찜해 버렸다. 그러나 그녀는 창하의 여자로서 놀러 온 게 아니었다. 뉴욕검시센터의 일일 연수 의뢰증을 가져왔으니 공식 방문객이었다.

국과수 견학 안내는 길관민에게 맡겼다. 1차 견학을 끝내고 소장실에 왔을 때도 한 사람의 외국인 방문 법의관으로 대우했을 뿐이다. 공사는 확실하게 구분하는 창하였다.

오후 부검에 그녀의 참관을 허락했다. 이 부검에는 창하와 소예나가 함께 투입되었다. 달리는 기차에 뛰어든 시신이었다. 파편까지 합치니 인체 부위가 80여 조각에 달했다.

'80조각이 아니라 800조각이라도……'

창하는 성자처럼 묵묵하게 부위를 맞추었다. 부검대에 올라온 이빨들 중에는 그냥 돌조각도 있었다. 측면으로 충돌하면서 충돌한 방향의 이빨이 다 내려앉았다. 일부는 튀어 나갔으니 누군가 용케 찾아낸 대문니는 반으로 깨져 있었다.

[남자, 약 40세, 신장 174㎝, 정수리 부분 탈모에 충수염 수술 경력…….]

파편이 한 인간으로 변하며 골격이 갖춰졌다. 손상된 손가락에서 지문을 떠내니 신원도 나왔다. 창하는 안도하지만 누구든 유족에게는 절망이 될 순간이었다.

"부검 종료합니다."

창하가 선언했다. 걸린 시간만 무려 3시간 22분이었다. 들어올 때 조각이었던 시신은 퍼즐처럼 맞춰져 있었다. 이 또한 부검의 보람이었다.

"괜찮아요?"

퇴근길에 조수석의 레일라가 물었다.

"뭐가요?"

"아까 그 부검 말이에요. 한국 부검도 장난이 아니네요. 한국에는 총기 사고가 드무니 끔찍한 시신이 많지 않으리라 생각했어요."

"당신이 나보다는 훨씬 훌륭한 법의관이네요."

"예?"

"나는 그 부검을 부검대에 놓고 왔는데 레일라는 마음에 담아 가지고 왔잖아요?"

창하가 웃었다.

"음, 멋진 말인데요?"

"그 기억 시원하게 내려놓게 해드릴게요."

창하가 핸들을 꺾었다. 레일라를 위한 다음 스케줄은 뮤지컬이었다. 우렁찬 뮤지컬 음악 속에서 레일라는 정말 그 부검을 잊었다.

마지막으로 법과학공사 준비 과정을 구경시켜 준 창하, 그녀와 함께 미국행 비행기에 올랐다. 뉴욕에서 그녀를 내려주고 노르웨이행으로 환승할 생각이었다.

'왕가의 유골 확인……'

큰 부담은 아니었다. DNA를 대조한 왕가가 생존 중이고 왕가의 무덤도 잘 보존되어 있었다. 어찌 보면 창하 입장에서는 꿩 먹고 알 먹는 일일 수도 있었다. 산뜻하게 확인해 주고 세계의 이목을 받으면 유사한 법의학의 인지도와 함께 유사 사건에 대한 관심도 높아질 일이었다.

"돌아갈 때 가능하면 하루쯤 시간 내주세요."

뉴욕이 가까운 하늘에서 그녀가 말했다.

"기꺼이 그러죠."

"조수가 필요하면 언제든 전화하고요."

"그러다 짤리면 어쩌시게요?"

"그럼 선생님이 발족할 한국법의학공사의 공채 시험 보죠 뭐."

"합격할 자신이 있으시군요?"

"선생님 빽으로 좀 안 될까요?"

"으음, 요즘 한국은 그런 거 없어요. 더구나 시작부터 그런 일이 생기면……."

"알겠어요. 오늘부터 열공하면서 대비할게요."

"수석 합격 예약이로군요?"

"당신과 함께 있으면 왠지 모르게 열정이 솟거든요. 정말이지 묘한 매력이에요."

"당신도 그래요. 수석은 안 해도 되니까 지원해 주기만 하세요."

"걱정 말고 멋지게 끝내고 돌아오세요. 그래야 리암의 마음도 잡을 수 있을 테니까요."

"리암의 마음요? 그럼 리암이 지금 저를 시험하고 있다는 건가요?"

"그건 아니겠지만 리암 역시 당신과 일하고 싶어 하는 눈치였어요? 인재가 필요한 당신이니 그를 압도해서 품었으면 하는 바람이에요."

레일라의 송곳 조언이 나왔다. 창하는 백배 공감이었다. 리암을 얻기 위해서라도 이건 닥치고 성공해야 하는 미션이었다.

"성공을 빌어요."

뉴욕공항의 환승장 앞에서 그녀가 손을 내밀었다. 그 손을 잡자 살포시 안겨온다. 은은한 라벤더 향수 속에서 생각했다. 최대한 빨리 끝내고 돌아오겠다고.

하지만 노르웨이의 사정은 그렇게 만만하지 않았다. 80년의 세월은 거저 흘러간 게 아니었고, 당시는 전쟁 상황이었다. 우려하던 두 가지 요소가 창하의 발목을 잡은 것이다.

덥석, 그야말로 제대로 덥석이었다.

*　　　　　*　　　　　*

시작은 괜찮았다. 국왕 크라프 4세는 친히 창하와 리암을 반겼다. 두 법의학자에 거는 기대감도 상당했다. 왕가로서는 오랫동안 벼르던 숙원이었다. 왕가의 무덤에 엉뚱한 사람이 들어갔다면 바로잡아야 했고, 혹 왕세자의 아들인 '군'의 시신이 바뀐 거라면 찾아야 했다.

"지원은 우리 국가 법의학 팀에서 전폭적으로 해드릴 겁니다."

국왕이 소개한 사람은 법의관 프레드릭이었다. 그는 2011년 노르웨이에서 발생한 비극적 테러로 77명이 사망했을 때 현장을 지휘했던 베테랑이었다.

"두 분 고명은 익히 들었습니다."

그의 언어는 영어였다. 그동안 모은 자료를 창하에게 건네주었다. 간단한 브리핑도 그의 몫이었다.

왕세자 마틴은 오래된 성에 딸린 공원묘지 묘역에 묻혀 있었다. 그의 가족 여섯이 함께였다. 본래는 왕가의 묘역에 묻으려 했었다. 그러나 당시는 전쟁 중이었고 독일의 공습이 이어지던 때라 시신 수습하기에 바빠 그들이 최후를 맞은 성의 뒤편 공원에 간이 묘역을 조성하고 묻었던 것이다. 그의 하인들과 인근에서 희생된 시민들도 인근에 함께 묻혔다. 공원은 자연적으로 묘역이 되었다. 이후 전쟁이 끝났지만 그때는 다른 의견이 대두되었다.

"비극적인 전란 속에서 유대인의 인권을 보호하다 죽음을 맞이한 왕세자 가족을 추모하고 전란의 치욕을 잊지 않기 위해 그대로 보존하자."

그 말은 국민적 공감을 얻었다. 그렇기에 왕세자가 최후를 맞고 묻힌 곳의 묘역을 정비했을 뿐 이장은 하지 않았다.

사진으로 보는 성은 아담했다. 독일이나 프랑스의 성처럼 위압적이지 않았다. 하긴 노르웨이는 왕궁부터 소박했다. 그건 왕의 자세와도 연관이 되었다. 노르웨이 왕실은 초개방주의를 택하고 있었다. 권위 따위는 내려놓은 지 오래였다. 그 실천을 위해 크라프 4세는 스웨덴의 평민 여자와 결혼을 했다. 덴마크와 스웨덴 계보를 이으면서도 파격을 선택했으니 국민들의 지지를 받았다. 지지율은 무려 70%에 가까웠으니 가히 압도적인 신뢰라 할 수 있었다.

성은 작지만 공원은 넓었다. 가히 묘역으로 불릴 만한 규모였다. 소탈한 크라프 4세는 공개 부검을 천명했다. 그렇기에 거기 몰려든 취재진과 시민들 또한 묘역 주변의 야생화만큼이나 많았다.

"날씨 죽이네요?"

온통 흐린 하늘을 보며 리암이 말했다. 그는 긍정적이다. 흐린 날씨를 표현하는 것만 봐도 알 수 있었다.

"그렇군요."

창하도 장단을 맞춘다.

기자들은 카메라 포커스를 맞추느라 바빴다. 개중에는 유튜버들도 보였고 취재용 드론도 상공을 날고 있었다. 그나마 많이 시달리지 않는 것은 시작 전에 기자회견을 한 까닭이었다. 회견장에 모인 기자는 100명을 넘었다.

노르웨이 왕세자의 유골 확인은 몇 가지 관점에서 주목을 받고 있었다. 첫째는 나치의 만행이었다. 나치는 과연 어떤 방법으로 왕세자 일가를 참살한 걸까? 또 하나는 왕세자라는 신분에 대한 관심이었고 마지막은 창하와 리암 때문이었다. 둘 다 자국에서 법의학의 역사를 새로 써나가는 사람들. 그런 요소들을 합쳐놓으니 세계 언론의 구미를 당긴 것이다.

유골 발굴은 완전한 수작업이었다. 중장비대신 손 삽을 선택했다. 투입된 사람들은 노르웨이 국립대학의 고고학 전공 대학생과 교수들이었다. 그들은 역사의 한 페이지를 발굴한다는 의미로 한 삽 한 삽 흙을 덜어냈다.

창하와 리암도 바빴다. 창하는 여섯 일가의 사진과 초상화 등을 분석해 나갔다. DNA 검사법이 있다지만 거기에만 의존하고 싶지 않았다. 사진을 보고 기록을 보았다. 특히 사진과 증언 수집에 주목했다. 이목구비와 골격을 파악하고 신체의 특징을 모았다. 질병과 수술로 인한 기록들도 빠뜨리지 않았다. 80여 년의 세월이 흘렀으니 작은 단서조차도 중요했다.

리암은 나치 정권에서 애용하던 독극물을 정리했다. 왕세자 일가를 살해할 때 독극물을 먼저 썼다고 기록했기 때문이었다. 창하와 리암의 견해는 일치했다. 유골 발굴로 일가를 확인하는 것에 병행해 사인을 밝힐 생각이었다. 나치의 만행을 밝힌다는 것은 인류사에서 그치지 않는 전쟁의 경각심을 주기 위해서도 필요했다. 법의학자는 죽은 시신만 다루는 것이 아니다. 죽음을 방지하는 일에도 최선을 다해야 하는 것이다.

사흘이 지나자 마침내 관이 나왔다.

"와아!"

작업자들과 기자들이 환호성을 질렀다. 관이 드러나니 속도가 빨라졌다. 두어 시간 만에 관 여섯 개가 수습되었고 특별 부검실로 옮겨졌다. 이제 창하와 리암이 진가를 발휘할 시간이었다.

끼이이……

삭은 관 뚜껑을 여는 일부터 두 사람이 관여했다. 관의 상태조차도 부검의 일부가 되기 때문이었다.

첫 시신이 나왔다. 긴 머리카락으로 보아 여자였다. 곧이어 나머지 다섯 유골도 차례차례 햇빛 아래로 나왔다.

"나치, 이것들 정말……."

리암이 한숨을 내쉰다. 참혹함 때문이었다. 일부는 시랍화로 인해 상처가 고스란히 엿보였다. 무차별 총상에 한동안 방치되면서 동물에게 물어뜯긴 까닭에 그야말로 묘사하기 힘들 정도였다.

"우엑!"

일부 어시스트들은 배를 잡고 개수구로 달렸다. 숫자의 위력이다. 같은 참상이라도 시신 하나보다 여섯 시신이 주는 충격이 더 컸다.

"……."

참관하던 크라프 4세 부부도 표정이 창백했다. 말로만 듣던 비극을 직접 본다는 건 누구에게도 유쾌할 일이 아니었다.

"시작할까요?"

리암이 첫 시신을 향해 다가섰다. 하지만 뼈를 체크한 창하는 고개를 저을 뿐이었다.

"선생님."

리암이 고개를 들었다. 그러자 창하가 선을 그어버렸다.

"왕세자 일가가 아닙니다."

"예?"

부검실이 뒤집혔다. 방금 왕세자 일가의 무덤에서 나온 유골들인데 그들 일가가 아니라니?

"왕세자가 아니라고요?"

크라프 4세가 물었다.

"당시 왕세자의 신장은 180㎝이 넘었습니다. 그런데 여기 시신들은 최대가 171㎝입니다. 게다가 왕세자 일가의 구성은 남자 둘에 여자 넷인데 이 뼈들의 두개골과 아래턱, 젖꼭지뼈, 골반 등을 고려하면 전부 남자입니다. 마지막으로 왕세자의 아들… 날렵한 체형인데 유골의 뼈대로 보아 그런 체형은 보이지 않습니다."

"그럼 어떻게 된 걸까요?"

"어렵게 나온 유골들이니 일단 DNA 확인부터 해보죠."

창하가 샘플 채취에 나섰다. 결과는 오래 걸리지 않았다.

왕실의 대조 DNA는 이미 완비되어 있었다. 게다가 DNA전문가들이 포진하고 있기에 최단시간으로 분석이 되었다.

하지만…….

"……!"

결과를 받아든 크라프 4세와 왕의 일가는 충격에 휩싸이고 말았다. 여섯 유골 중의 그 어느 하나도 왕세자의 일가가 아니었다. 거기에 더해 독극물도 일체 검출되지 않았다.

"이, 이럴 수가……."

크라프 4세가 왕좌에 주저앉았다. 한두 시신은 바뀔 수도 있다고 생각했다. 하지만 무려 여섯 유골이 전부 엉뚱한 것이라니. 그런 줄도 모르고 매년 그 앞에서 추모를 했다니…….

"이창하 선생님."

크라프 4세가 창하를 바라보았다. 유골만 보고 왕세자의 일가가 아닌 걸 알아차린 혜안에 몸서리를 치지만 그다음 일이 더 황당한 것이다. 어렵사리 결단을 내린 왕세자의 유골 확인이 이 한 방으로 끝나 버린 게 아닌가? 완전한 절망만을 안겨준 채.

"노고가 많았습니다. 결과는 황당하지만 우리 왕실은, 두 분에게 약속한 사례를 본 계약대로 진행할 것입니다."

크라프 4세는 약속을 지켰다. 그 말을 창하가 가로막았다.

"죄송하지만 여기서 유골 확인을 끝내시려는 겁니까?"

"여섯 유골의 확인이 끝났지 않습니까?"

"제게 주신 서류와 자료, 증언을 종합하건대 왕세자께서 참살을 당하실 때 인근의 하인과 시민들도 무수히 참살되었다고 합니다."

"그야……."

"제 생각에는 나치가 훗날을 고려해 시신을 바꿔놓은 것으로 판단됩니다만."

"후일?"

"참극 말입니다. 언제든 나치에게는 부담이 될 일이었으니까요."

"그렇게 작심을 했다면 어디서 진짜 시신을 찾는단 말입니까? 어쩌면 그놈들이……."

크라프 4세가 고개를 저었다. 머릿속에 들어온 끔찍한 상상은 차마 입으로 발설하지 못했다.

"제가 보기에는 당시 왕세자님의 시신이 있던 곳에서 가까이 있을 것 같습니다."

"가까이?"

"전시였습니다. 독살에, 방화, 총격… 공습으로 무너진 도시에서 그런 시신을 어디로 옮겼겠습니까? 분명 가까운 곳의 시신과 바꿔치기 해서 매장했을 가능성이 높습니다."

"그렇다고 해도……."

"증언과 자료로 만든 당시의 상황도입니다. 왕세자 일가가 참극을 당한 주변에서 사망한 시민과 하인들이죠. 이 시신은 성 뒤에 마련한 임시 묘역의 군데군데에 묻었다고 들었습니다."

"그건 맞습니다만……."

"당시의 매장 인부의 증언을 보니 여섯 구짜리 매장이 둘이라고 나옵니다. 만약 증언이 정확하다면 거기 묻힌 사람들은 하인과 하녀 같았는데 그들과 옷이나 유품을 바꾸어 묻었을 가능성이 높습니다."

"어떤 근거로?"

"아까 발굴한 유골들 말입니다. 대부분 발목관절이 넓었습니다. 그건 오랜 기간 무릎을 꿇고 앉거나 쭈그리고 앉을 때 생기는 현상인데 당시의 하인과 하녀들이 그런 생활을 했지 않습니까?"

"……!"

창하의 분석은 송곳이었다. 옆에 있던 리암조차도 정신 줄이 번쩍 들었다. 크라프 4세가 내세운 법의학자 프레드릭도 다르지 않았으니 창하의 의견은 전격 수용되었다.

이번에는 초음파 탐지기가 동원되었다. 첫 반응이 왔다. 초음파 화면에 보이는 시신은 여섯 구였다. 그 영상을 창하가 분석했다. 한둘은 상이하지만 나머지 넷의 신장은 왕세자 일가와 유사해 보였다.

4 대 2 아니면 5 대 1.

일단 두고 다음으로 옮겨갔다. 두 번째 반응을 받았다. 이

곳은 키 큰 유골이 없었다. 둘 중 하나를 파야 한다면 전자였다.

유골 발굴이 시작되었다. 땅은 안으로 깊었다. 재발굴 현장에도 사람들이 넘쳤다.

"교수님."

현장을 지휘하는 프레드릭에게 창하가 다가섰다.

"뭐 도와드릴 게 있습니까?"

"그보다는 여기 시신들 말입니다."

"예……."

"이번 기회에 전체를 다 발굴해서 가족들에게 돌려주는 게 어떨까요?"

"아닙니다. 우리 노르웨이 의회에서도 그런 주장이 나왔지만 후대들에게 전쟁의 상흔으로 남기는 게 좋다고 결론을 맺었거든요. 다만 왕세자 일가의 경우에는 당시 유대인들을 지지하다 당한 참변이라 유골만이라도 제대로 확인하는 게 예우라는 생각에……."

"네……."

창하가 고개를 끄덕였다. 국민적 합의라면 더 거론할 이유가 없었다.

시간이 지나면서 유골들이 나오기 시작했다. 이 유골들은 관이 없었다. 전쟁의 와중에 급하게 매장한 모양이었다. 한 구 한 구 수습될 때마다 창하의 눈빛이 빛을 발했다. 유골의 처참함은 첫 발굴 때보다 심한 쪽이었다. 어떤 시신 속에서는 녹슨 총탄이 수십 발 나오기도 했다.

"……."

마지막 유골이 나오자 창하 시선이 멈췄다.

"선생님."

리암이 다가왔다.

"다른 건 어느 정도 부합하는데 마지막으로 나온 시신이 바뀐 것 같습니다."

"확실합니까?"

"여기 이 가족 초상화와 사진을 보시죠. 세 자매 가운데 장녀인 엠마의 이마 말입니다. 다른 사람에 비해 넓은 편인데다 두 동생들보다 월등하게 큰 키를 가지고 있습니다만 이 시신은 그렇지 않습니다. 나머지 다섯은 어느 정도 일치하는데 마지막 시신은 두 동생들에 비해 오히려 작은 느낌이니까요."

"척추나 경추가 소실된 건 아닐까요?"

"확인했습니다. 대퇴골이 무너지긴 했지만 다른 뼈는 다 붙어 있습니다."

"일단 부검부터 하시는 게 어떨까요?"

프레드릭이 의견을 개진했다.

"부검의 목적이 왕세자님의 묘지를 확인하자는 것 아닙니까? 한 사람이라도 바뀌어 있다면 의미가 없습니다. 게다가 발굴을 여러 번 하는 것도 부담스러우실 테고요."

창하가 통제 라인을 바라보았다. 기자들과 유튜버들의 카메라가 미친 듯이 돌아가고 있었다.

"하지만 그 한 명을 또 어디서?"

프레드릭이 난색을 표했다. 창하의 시선은 도표에 있었다. 왕세자가 최초로 죽은 지점이었다. 왕세자의 묘역에서 나온 하인들은 성의 뒤뜰에서 살육을 당했다. 왕세자 가족에게서 직선으로 50미터도 되지 않았다. 이유도 알 것 같았다. 당시 왕세자의 성에 있던 하인들은 모두 열두 명이었다. 그러나 여섯 명이 여러 이유로 외출 중이었다. 현장에서는 여섯 명이 죽었지만 한 명은 기적적으로 살았다. 혼란의 와중에 그가 달아나면서 다섯이 된 것이다. 그래서 한 명이 모자랐다.

'한 명은 어디서 가져왔을까?'

성의 개략도를 보며 생각에 잠긴다. 멀리 가지는 않았을 것이다. 그렇다면 성문 쪽이다. 당시 왕세자를 위해 달려온 시민들이 있었다. 그들 역시 나치의 총을 맞아 그 자리에서 죽었다. 자료에는 약 60여 명으로 나온다. 총격으로 사망한 사람은 48명이다. 그걸 둘로 나눠 묻었다.

"곤란합니다."

프레드릭이 난색을 표했다. 이 묘역은 전체가 기념비적인 성격을 가지고 있었다. 비명에 간 왕세자 일가를 위해 일부 추가 발굴은 여론 조성이 되었다. 그러나 전체 묘역으로 확대하는 건 크라프 4세가 원하지 않았다. 왕가를 위해 국민의 희생을 요구할 수 없다는 게 그의 지론이었다.

"여기서 중단하면 아무것도 아닌 게 됩니다."

창하는 뜻을 굽히지 않았다. 대안도 내놓았다.

"아까 말씀드린 48구 구역에서 초음파 작업을 재개하세요. 발굴 범위를 최소한으로 줄여드리겠습니다."

"으음……."

"하나 아니면 두 곳 정도면 됩니다."

결국 초음파 작업이 재개되었다. 창하는 약속대로 두 유골을 지명했다. 초음파 영상으로 특징을 잡아낸 것이다. 시신 두 구가 나오자 창하가 확인에 돌입했다.

첫 유골은 이마가 깨져 있었다. 총대로 찍은 모양이었다. 그러나 그 유골이 창하의 기대에 부합했다. 두개골 형태과 눈썹 부위를 통해 여자임을 확인하고 오케이 신호를 주었다.

"틀림없습니까?"

프레드릭이 재차 물었다.

"그렇습니다. DNA 검사가 남기는 했지만 왕세자님의 가족이 한자리에 모인 것 같습니다."

"거의 확신하시는 것 같군요. 추가 발굴 등 총체적인 진행 상황에 대해 기자들 질문이 나올 테니 언질 좀 주시겠습니까?"

"당연히 그래야죠."

창하가 여섯 유골 앞에 섰다.

"첫째 왕세자님입니다. 키가 180cm에 달하고 승마를 즐기셨다고 했습니다. 늑골은 몇 개 상했지만 골반은 무사합니다. 보십시오. 골반이 뒤틀려 있으니 승마로 비롯된 특징입니다. 게다가 사진에 보이는 눈썹 부위의 돌출… 유골에서도 확인이 되지 않습니까?"

"……?"

"두 번째는 왕세자비님입니다. 이분의 특징은 이마와 치아입니다. 넓고 시원한 이마에 왕실의 치과 진료기록과 유골의 치아가 일치합니다."

"……"

"세 자매 군주님들은 어금니가 완전히 자라지 않았으니 미성년이 틀림없고 앞선 두 분의 유전적 특징을 가지고 있습니다. 특히 사진 속에서 둘째는 코가 좌우 비대칭이며 장녀인 엠마는 왕세자비님 쪽이라 이마를 빼다 박았습니다."

"우."

"마지막으로 아드님인 군입니다. 호리하고 늘씬한 키가 특징이지만 포인트는 왼손입니다. 왼손잡이였기에 오른손에 비해 상대적으로 약간 깁니다. 골밀도를 검사하면 아마도 왼손보다 조금 높게 나올 것으로 봅니다."

창하의 브리핑은 막힘이 없었다. 사실 발굴된 유골들 상태는 최악이었다. 총상에 화상, 폭행까지 겹쳐 처음 나온 유골들보다도 손상이 심했던 것. 그 와중에 특징적인 것들을 죄다

파악한 창하였으니 프레드릭과 노르웨이 법의학 관계자들은
혀를 내두를 수밖에 없었다.

"이제 본격 부검을 시작해 볼까요?"

창하가 리암을 돌아보았다.

"물론이죠."

리암의 대답 역시 사이다처럼 시원했다.

신원확인은 일사천리였다.

제1 유골, DNA 대조 검사 일치.

제2 유골, DNA 대조 검사 일치.

제3 유골, DNA 대조 검사 일치…….

*   *   *

퍼펙트 법유전학.

신들린 유골 확인에 세계의 언론들이 촉각을 곤두세웠다.
법유전학은 어렵다. 인간의 뼈에 대해 전반적인 통찰력에 더
해 진한 경험이 녹아 있어야 가능한 분야다. 더구나 한 명도
아니고 여섯 명. 흩어진 왕세자의 가족을 한자리로 모이게 했
으니 더욱 그랬다.

창하의 적중은 우연이 아니었다. 아니, 우연이어서도 안 될
일이었다. 뼈는 많은 정보를 담고 있다. 두개골을 시작으로 골
반과 대퇴골까지 그랬다. 그것들의 특징을 치밀하게 분석한

결과였다.

세계가 노르웨이 왕세자 일가의 유골 발굴 소식을 타전하는 동안에도 창하는 부검에 열중하고 있었다. 왕세자 가족의 사인을 밝히는 것이다. 일단 시신에 뿌린 건 황산이었다. 휘발유 성분도 미량 남았다. 그러나 이 성분은 자칫 매장 과정이나 기타 매장 주변의 환경으로 오염된 것일 수도 있었다. 대조 검사는 필수였다. 그렇기에 매장지의 흙은 물론 관과 유류품까지 동시에 분석했던 것.

[불검출]

결과는 명쾌했다. 대조 샘플들의 오염이 없으니 유골에서 나온 성분은 사망 당시의 것으로 볼 수 있었다. 왕세자쯤 되는 신분에 황산이나 휘발유를 먹을 리는 없는 것이다.

왕세자 유골에서 밝혀진 총격만 무려 19발이었다. 두개골 정면에 한 발이었고 뒤에서 네 발이었다. 가슴과 어깨에 쏟아진 게 열한 발에 허벅지와 무릎에 세 발… 복부는 남은 게 없어 확인이 불가하지만 무차별 총격의 행태로 보아 그곳도 무사할 리는 없었다.

[수십 발을 총격, 총격 후 인화물질과 독성물질을 더해 시신 방화해 은폐 기도]

나치 독일의 만행이 겹겹이 쌓였던 옷을 벗기 시작했다.

"시안입니다."

리암의 독극물 분석도 탄력을 받았다. 2차 대전 당시 독일이 사용한 독극물 30여 샘플을 대조하자 시안이 튀어나온 것이다. 시안은 피크르산 용액을 적신 종이로 증명이 되었다. 이물질 등을 제거한 유골에 피크르산에 적신 종이를 붙이자 붉은 갈색으로 변한 것이다. 리암은 즉시 시안의 존재를 증명했다.

시안은 청산가리, 즉 시안화칼륨이다. 닥치고 맹독이다. 일단 인체로 들어가면 전격적으로 산소운반 기능을 마비시켜 버린다. 어느 정도인가 하면 청산가리에 중독된 사람의 입에다 입을 대고 인공호흡을 시키면 그 사람도 사망할 수 있었다. 다만 유골이 오래 되었기에 혈액의 특징적인 변화는 볼 수가 없었다. 청산가리에 중독되면 혈액이 선명한 붉은색을 띠게 된다. 나치는 이 청산가리로 시안화수소 가스를 만들어 수많은 인명을 앗아갔다.

칼륨을 포함한 염들은 물에 잘 녹는다. 시안화칼륨도 당연히 잘 녹는다. 상온에서 물 100ml 당 70g 이상이 녹으니 사용하기에도 어렵지 않았을 일이었다.

리암은 아질산나트륨으로 검증 실험까지 진행했다. 이 실험은 전 세계에 중계가 되었다. 아질산나트륨은 청산가리의 해

독제다. 원리는 시안이온이 철 이온과 결합하는 성질을 이용한다. 증명은 명쾌했다. 다섯 시신에서 공통으로 청산가리가 나온 것이다. 단 하나의 예외는 왕세자의 아들이었다. 나치가 방문해 독극물을 먹일 때 현장에 없었기 때문이었다.

증명을 끝낸 리암과 창하는 기자들로부터 포즈를 요청받았다.

"거절합니다."

창하와 리암의 합창이었다. 약속도 없이 같은 반응을 보인 두 사람, 놀란 눈으로 서로를 바라보았다.

"전 세계가 이 신들린 부검에 경탄하고 있습니다. 거절하는 이유가 뭡니까?"

기자들이 물었다. 리암이 창하에게 대답을 넘겼다.

"이 일은……."

대답은 간단했다. 왕세자 가족의 주검은 비극이자 참극이었다. 세월이 흘렀다지만 그런 유골을 앞에 놓고 의기양양한 포즈를 취할 수는 없었다. 이것은 쾌거가 아니라 후대 법의학자로서의 의무로 받아들인 것이다. 창하의 설명을 들은 기자들은 장중한 기립 박수로 두 법의학자의 뜻을 기렸다.

[신의 손, 신의 눈, 신의 가슴을 가진 법의학자들]
[전쟁 유골, 집단 매장 변사체와 유골 등의 발굴에 바른 해법 제시]

노르웨이 방송과 신문의 헤드라인이었다. 같은 제목으로 세계로 타전되었다. 당장 미국에서 반응이 나왔다. 미국은 의문사의 나라였다. 링컨이 그랬고 케네디의 주검이 그랬다.

초대형 사건들의 재부검 여론이 피어올랐다. 그 가능성에 보증수표를 달아준 게 닥터 젠슨이었다.

"이창하 검시관이라면 가능합니다."

그의 칼럼에 강조된 문장이었다. 교묘한 긍정 속에 워싱턴 정가가 뜨거워졌다. 덩달아 러시아와 일본, 중국도 초유의 반응을 보였다. 인류에게 반복된 정쟁과 전쟁. 그로 인한 의문사에서 자유로울 나라는 없었다. 그러다 보니 한국에서도 몇몇 대형 사건에 대한 재부검론이 피어오르기 시작했다.

"이 선생님."

크라프 4세의 만찬 초대를 앞둔 오후, 리암이 창하의 객실로 들어섰다.

"어서 오세요."

창하가 소파를 내주었다.

"뉴스 보셨습니까?"

다리를 꼬며 리암이 물었다. 그 표정에는 자신감과 긍정이 햇살처럼 와글거렸다.

"예, 박사님 덕분에 제가 스타라도 되는 기분입니다."

"당연히 스타죠. 연예인만 스타 되라는 법 있습니까?"

"좋은 기회를 주서서 고맙습니다."

"제가 드릴 말입니다. 선생님이 아니었다면 해내지 못할 일이었습니다."

"당치 않습니다. 저는 덤으로 생각해 주십시오."

"그럴 리가요. 처음에 왕세자 일가의 관을 열었을 때, 솔직히 하늘이 노랬습니다. 왕세자 일가가 아니라 엉뚱한 사람들이라뇨."

"예⋯⋯."

"이 선생님이 아니면 꼼짝없이 그 유골들을 분석하게 되었겠지요. 그런 다음 우리가 헛발질했다는 걸 아름답게 포장해서 발표했을 테고요."

"⋯⋯."

"그런데 선생님은 단칼에 구분해 냈지요. 그때 저는 정말이지 뼈가 타는 전율을 느꼈습니다."

"그건 법인류학자라면 누구나 가능했을 일입니다."

"그럴 수도 있겠지요. 그러나 사진과 초상화에 증언만으로 그토록 통렬하게 구분해 낼 법의학자는 제가 알기에 지구상에 없습니다."

"⋯⋯."

"이후의 과정은 또 어떻습니까? 초음파로 구분해 낸 안목에 참극 당시의 주검을 재구성해 낸 실력. 저는 정말이지 법의학의 신을 만난 기분이었습니다."

"박사님의 독극물 증명은 또 어떻고요?"

"그 일이야말로 독극물 학자라면 누구나 할 수 있는 일이었습니다."

"할 수 있는 일을 해야 하는 순간에 증명해 내는 게 중요한 것 아니겠습니까?"

"그런데 이건 뭡니까?"

창하가 보고 있던 자료를 보며 질문하는 리암. 그건 창하가 준비하는 한국 법과학공사에 관련된 것들이었다.

"아, 그거요?"

"이 기관에 독극물 전문가는 필요하지 않습니까?"

"필요하죠."

"그럼 저는 어떻습니까?"

"제 일에 프러포즈하시는 겁니까?"

"선생님과 일하면 굉장할 것 같아서요. 기회를 주시겠습니까?"

"실은 이번 일이 끝나면 진지하게 말씀드릴 생각이었습니다. 한국으로 오셔서 저를 좀 도와달라고……."

"그럼 처음부터 말씀하셨어야죠."

"와주실 겁니까?"

"당연하죠. 벌써부터 기대가 되는 일입니다."

"리암……."

"언제 개원입니까?"

"아마도 내후년쯤?"

"좋군요. 캐나다와 미국에서 벌인 일을 마무리하려면 1년 정도 걸릴 겁니다. 괜찮겠습니까?"

"물론이죠. 당신이라면 몇 년이 걸려도 기다리고 있을 겁니다."

"와우!"

리암이 일어나 손을 내밀었다. 창하가 그 손에 하이 파이브를 작렬시켰다. 청산가리를 증명한 것처럼 시원한 성격의 리암이었다.

짝짝짝!

크라프 4세의 만찬은 박수로 시작되었다. 왕가의 친인척 20여 명이 참석한 자리였다. 한 사람 한 사람이 창하와 리암에게 감사를 전해왔다. 식사는 양고기와 더불어 링고베리에 크림소스를 곁들인 사슴 고기, 당근과 바삭한 살구버섯이 나왔다.

왕실의 오랜 비원을 해결해 준 창하. 사인을 밝히는 부검과는 또 다른 보람을 느꼈다.

"건배."

국왕이 와인 잔을 들었다.

"건배."

창하와 리암도 잔을 들었다. 힘든 미션을 끝낸 후의 만찬은 더없이 달콤했다. 창하와 리암은 경쟁하듯 만찬을 즐겼다. 끝

없이 펼쳐지는 법의학의 세계처럼 먹어도 먹어도 오묘한 노르웨이의 맛이었다.

*　　　　*　　　　*

"이 선생님."

크라프 4세가 창하를 반겼다. 왕궁 깊은 곳의 집무실이었다. 왕이 독대를 요청한 것이다. 창하는 예를 갖추고 그 앞에 앉았다. 소탈한 왕답게 집무실의 장식도 실용적이었다.

한쪽 벽에는 왕조들의 초상화가 걸려 있었다. 왕은 그 앞에 서서 창하에게 대화를 건넸다.

"저희 숙원을 해결해 주신 점 다시 한번 감사드립니다."

독대에서 듣는 왕의 영어는 수려했다.

"기대에 부응하게 되어 영광으로 생각합니다."

"만찬은 어땠나요?"

"더할 나위 없이 좋았습니다."

"혹시 종교가 있나요?"

"법의학을 하다 보니 편향을 지양하기 위해 고루 관심만 가지고 있습니다."

"그렇군요. 그렇다면 혹시 바티칸의 지하 풍문에 대해서도 알고 계십니까?"

"그 풍문은 한둘이 아니라서요."

"사제들에 의한 사생아 시신들 말입니다."

"그건 소설 속에 등장하는 일이 아니었던가요?"

"만약 현실이라서 선생님께 의뢰가 들어오면 어떻게 하실 건가요?"

"폐하. 그런 일은……"

"그 의뢰에 대해 죽을 때까지 비밀을 지킬 수 있을까요?"

"그게 현실이 된다면 물론 그렇습니다. 부검도 의학입니다. 환자나 시신에 대한 정보는 당연히 지켜드립니다."

"신에게 맹세할 수 있습니까?"

"그건 의사의 명예입니다. 신을 앞세울 이유도 없습니다."

"그러시다면 제가 개인적인 의뢰를 드려도 될까요? 단 죽을 때까지, 아니, 그 이후에도 비밀을 엄수한다는 조건을 수락하셔야 합니다."

"뭔지 모르지만 수락합니다."

"당신의 인품을 믿습니다. 그럼 저를 따라오십시오."

크라프 4세가 돌아서더니 집무실 서재를 밀었다. 그러자 벽을 채우고 있던 서재가 밀려나면서 비밀의 문이 보였다. 왕은 3중 보안장치가 된 철문을 열고 그 안으로 들어갔다. 문 앞은 지하 계단이었다. 원형 계단을 돌아 내려가니 제법 넓은 지하가 나왔다. 마치 바티칸의 지하 비밀 보관소에 들어온 기분이었다.

"한국의 역사를 보니 크고 작은 전쟁이 많았더군요. 우리 노르웨이도 스웨덴, 덴마크, 독일, 러시아 등과 총칼을 겨누며 싸웠던 역사가 있습니다."

"예……."

창하가 답했다. 전쟁이 없었던 민족이 어디 있을까?

앞서가던 크라프 4세가 걸음을 멈췄다. 거기 또 하나의 문이 있었다. 이번에는 투박한 열쇠를 꺼내더니 그것으로 문을 열었다.

철커덩!

문 열리는 소리도 투박했다. 그러자 퀴퀴한 냄새가 코를 쪼며 들어왔다.

"보시죠."

작은 등을 켠 왕이 안쪽을 가리켰다. 자연 그대로의 흙벽에 뭔가가 있었다.

"……!"

가까이 다가선 창하가 숨을 멈췄다. 퀴퀴한 냄새의 주인공들. 흙과 함께 매장된 갓난아기들의 시신이었다. 그 또한 오래되어 군데군데 뼈만 엿보이는 상태였다.

"이건……."

"사생아들입니다. 선대부터 내려온 비밀의 방인데 절대 열지 말라는 규약이 있었습니다. 저 역시 선왕께 엄명을 받았지만 즉위식을 마친 밤에 바로 열었습니다. 뭐가 되었든 국민과 함께하려는 생각 때문이었는데… 충격으로 그만 정신을 잃고 말았고… 오늘 날까지 숙제로 가져오게 되었습니다."

"……."

"이리저리 알아보니 두 개의 설이 있습니다. 과거 한때, 선대의 왕자들이 여색에 빠지면서 수십 년간 궁녀나 귀족 아가씨들과 즐기다 출산한 사생아들을 몰래 묻은 것이라는 설과, 적국이 우리나라를 점령했을 때 노르웨이 왕조의 정신을 짓밟기 위해 갓난아기들을 골라다 묻고 음탕한 소문을 낸 것이라는 설이 있었습니다. 어느 것이든 진실이 궁금했지만 왕의 자리다 보니 '전자'의 부담이 너무 커서 손을 대지 못하고 있었습니다. 그러나 이제 저도 나이를 먹다 보니 후대에게 물려줄 유산은 아닌지라 이번 발굴을 계기로 용기를 내게 되었습니다."

"전자인지 후자인지 구분해 달라는 것이로군요?"

"그렇습니다."

대답하는 왕의 목소리가 무거웠다.

"방금 이 갓난아기들의 무덤이 수십 년에 걸친 일이라고 하셨습니까?"

"그렇게 들었습니다. 풍문에 의하면 두 왕자의 음탕한 악행이었고 그중 한 분이 왕의 권좌에 오른 후에도 지속되었으니……."

"아기가 태어나면 바로 묻은 것입니까?"

"그렇다고 합니다. 그러니 그 악함과 비정함이……."

"폐하와 같은 혈족입니까?"

"그렇습니다."

"이 무덤은 손대지 않은 것입니까?"

"선대의 왕 중 한 분이 확인을 위해 팠다고 들었습니다. 그 때 이 광경을 보고는 놀라 그대로 폐쇄했다고 들었습니다."

"그렇다면 제가 보기에는 후자 쪽입니다."

"예?"

창하의 말에 왕이 고개를 세웠다.

"어떤 근거로 말입니까?"

"자세한 것은 검사가 동반되어야 하겠지만 아기들은 같은 시기에 묻혔습니다. 그러니 수십 년에 걸쳤다는 말은 성립되지 못합니다. 두 번째, 모두 갓 태어난 아기라고 했는데 여기 아기들은 그렇지 않습니다. 여기……."

창하가 새하얀 조각 하나를 들어 보였다.

"작은 뼛조각처럼 보이죠? 하지만 이건 뼈가 아니고 이빨입니다. 이건 앞니 같고……. 이쪽은 어금니 같은데 갓난아기가 이빨이 나려면 적어도 6개월이 지나야 합니다. 어금니 같은 경우는 2년 가까운 시간이 필요하죠. 그러니 이빨이 났다는 것은 갓난아기가 아니라는 증명입니다."

"아……."

"혹시 왕궁이 적국의 손에 들어간 적이 있었습니까?"

"있었죠. 수년 가까이……."

"만약 이 아기들 유전자를 검사해서 노르웨이 쪽이 아니거나 혼혈이라면……."

"……?"

"이 아기들은 적국이 왕궁을 점령했을 때 낳았다가 죽은 아기들을 한곳에 모아 묻었을 가능성이 높습니다. 폐하의 말처럼 노르웨이 왕가의 정통성을 흐리기 위해서 말입니다."

"맙소사!"

"제가 샘플 몇 개를 따겠습니다. 개인적으로 DNA 검사를 부탁해 볼 테니 만약 제 말처럼 결과가 나온다면 이 또한 공개 발굴로 가시는 게 어떨까 합니다. 이번에는 제가 아니라 노르웨이 법의학자들 손에 말입니다."

"이 일이 부담스러우신 겁니까? 보수는 얼마든지 책정해 드릴 수 있습니다."

"아닙니다. 제 생각에는… 만약 제가 말씀드린 결과가 나온다면… 저를 통해 나오는 것보다는 애당초 공개 발굴을 천명하여 노르웨이 학자들 손으로 검증되는 게 폐하와 왕가의 짐을 제대로 덜 수 있다는 판단입니다."

"……?"

"폐하가 진정으로 바라는 것은 그것이 아닙니까?"

"이 선생님……."

"물론 저는 아까 약속드린 대로 폐하와 여기 다녀간 적은 없는 것으로 하겠습니다. 영원히."

"이 선생님… 당신은……."

크라프 4세의 목소리가 젖었다. 창하는 모른 척 샘플 몇 개를 취했다. 유전자 검사 결과 아기들은 노르웨이 혈통이 아니거나 혼혈로 드러났다. 창하의 판단이 옳았던 것이다.

창하와 리암이 노르웨이를 떠나는 날, 왕궁에서는 또 하나의 유골 발굴이 시작되었다. 이번에는 노르웨이 법의학자들이 주축을 이루었다. 푸짐한 답례를 받은 창하와 리암은 홀가분한 마음으로 공항으로 향했다.

제7장

—

역대급 의문사에 도전하다

뉴욕을 거쳐 한국으로 돌아왔다. 레일라와의 약속 때문이었다. 그녀와의 마지막 밤은 사하라 모래 위의 낮처럼 뜨거웠다. 육체관계가 아니라 자료 때문이었다. 창하가 그리는 비전을 알고 있는 레일라, 미국 법의학 전반에 관한 자료를 모아 창하에게 건넨 것이다. 그 안에는 미국 경찰이 나가려는 방향도 있었고 각 주에서 각개 약진하는 수사 신기술 등도 있었다.

뜻밖의 것은 법인류학에 대한 초유의 정보들이었나. 그 자료는 프랑스와 영국 등의 것을 망라하고 있었다. 창하가 노르웨이에서 분전하는 동안 그녀 역시 창하를 위해 밤을 새웠던 것이다.

창하는 그녀에게 미국 법의학 인재들의 정보 수집을 부탁했다. 한국에서 진행 중인 법과학공사의 시설과 제도가 마무리되는 날 그들에게 손길을 내밀 생각이었다. 작게는 개인을 시작으로 집단이나 국가적 인물의 의문사에, 역사적 인물들의 의문사와 화석까지도 망라하고 싶었다. 그러자면 더 많은 인재가 필요했다.

인천공항에는 서필호 회장과 피경철이 나와 있었다.

"이 선생님."

서필호가 먼저 손을 흔들었다. 소장이 되었지만 그의 호칭은 언제나 '이 선생'이었다.

"바쁘신데 뭣 하러 나오셨습니까?"

창하가 웃었다.

"왕족과 비즈니스 하신 몸 아닙니까? 왕족의 기 좀 받으러 왔지요."

서필호가 너스레를 떨었다. 순간, 찰칵 하고 카메라 셔터들이 터졌다. 기자들이었다.

"이창하 소장님, 노르웨이에서 귀국하는 길입니까?"

곽태우 기자와 마지한 기자 등이 질문 공세를 펼쳤다.

"잠시 미국에 들러 법의학 견학을 하고 오는 길입니다."

"법의학의 선진국에서 한국 법의학의 진가를 보였는데요? 유럽 쪽의 분위기는 어땠습니까?"

"호의적이었습니다."

"노르웨이 왕세자 일가의 유골 확인으로 국내에도 유사한 분위기가 감지되는데요, 국내의 과거 의문사 같은 것을 재부검할 용의는 없으십니까?"

"기회가 주어진다면 시도해 보겠습니다."

가려운 데를 긁어주는 질문이었다. 창하의 답변은 일사천리였다. 얼마간의 기자회견 후에 공항을 나왔다. 차량은 이미 대기되어 있었다.

"유럽 쪽 반응 말일세, 세계 법의학계가 굉장하게 평가하고 있더군. 회장님 말씀대로 왕가의 일이라 더 흥미를 끈 것 같네."

서울로 가는 차 안에서 피경철이 말했다.

"든든한 조력자가 있었지 않습니까?"

"닥터 리암 말인가?"

"예, 법독극물의 1인자입니다."

"그렇잖아도 회장님과 그 얘기를 나누었네. 그런 사람을 데려올 수 있다면 다른 법의학자들 스카우트도 시너지가 붙을 거라고 말일세."

"리암은 미국과 캐나다에 걸린 일만 정리되면 우리와 합류하기로 했습니다."

"그게 정말인가?"

피경철이 반색을 했다.

"지난번에 뉴욕에 갔을 때부터 친분을 쌓기 시작했는데 이번 노르웨이에서 함께 일하며 의기투합이 되었습니다. 닥터 리암이 온다면 법독극물학 분야는 바로 세계 최고 수준이 될 수 있을 겁니다."

"그걸 다른 법의학자 관련자들에게 공표해도 되는가?"

"물론입니다. 닥터 리암은 이미 우리 사람입니다."

"어헛, 그거 노르웨이의 쾌거 이상으로 반가운 일이군. 실무 준비를 담당하는 나에게는 말일세."

"준비 상황은 어떻습니까?"

"지금 내부 시설들 세팅 중이네. 기본 시설까지는 내가 실무 감독을 하고 주요 장비는 각 파트의 책임자가 선임되어야만 진행될 수 있을 것 같네."

"그게 좋겠군요."

"자네가 여기저기 운을 떼면서 약대 졸업생들과 전공의들의 문의가 쇄도하고 있다네. 적어도 국과수처럼 정원 미달 걱정은 안 해도 될 것 같네."

"어련하시겠습니까?"

"이제 노르웨이 얘기를 좀 하시게나. 특히 첫날 유골만 보고 왕세자 일가가 아닌 걸 알아차린 것 말일세. 국내에서도 화두가 되고 있다네."

"초상화와 사진 덕분이었습니다. 그걸 기능별, 구조적으로 분석해서 왕세자 일가의 골격 특징, 신장 등을 파악하고 있었거든요. 법인류학에 약간의 조예만 있어도 가능한 일이었습니다."

"자네니까 그런 말을 하는 거지. 부검의라고 누구나 할 수 있는 일은 아니었네."

"국내 반응은 어떻습니까?"

"각오 좀 해야 할 걸세."

"예?"

"이걸 좀 보시게나."

피경철이 신문 하나를 내밀었다. 창하와 관련된 기사가 보였다.

"자네의 노르웨이 쾌거 덕분에 한국의 의문사도 들썩거리는 분위기라네. 굉장한 본보기가 된 것 같아."

피경철의 시선이 기사로 향했다.

[노르웨이 재부검으로 돌아보는 국내 의문사들]

[세계 최고 수준으로 평가받는 한국 법의학, 과거 의문사도 해결 가능할까?]

특집 기사는 길었다. 기사는 화재로 수장된 춘동호 선주를 시작으로 수조 원대의 사기를 치고 필리핀으로 도주한 다단계 회장을 지나 근대의 사건을 관통하더니 조선시대 왕들의 독살 사건까지 엮어놓았다.

「인종, 선조, 효종, 경종, 정조, 고종, 소현세자」

기사에 올라온 독살 의심의 경우만 여덟이었다. 선조의 시신은 검푸르렀다는 역사적 기록부터 소현세자의 몸은 거의 검은색이었다는 기록 등이 보였다.

"이건 너무 질러갔는데요?"

"그렇지. 하지만 최근의 의문사들은 사정권일세. 정부의 움직임도 그렇고."

"정부에서요?"

"그 얘기는 내가 하지요."

듣고 있던 서필호가 운을 떼고 나왔다.

"어제 행안부 장관님을 만났는데 청와대에서도 말이 나왔다더군요. 다른 건 몰라도 국민들의 의혹이 식지 않는 대형 사건 몇 건은 검토해 볼 수 있지 않냐고 말입니다."

"예……."

"어떻습니까? 법과학공사 발족을 앞두고 분위기 조성을 위해서도 긍정적일 것 같은데……."

"그렇군요. 하지만 현재의 국과수는 경찰이나 지자체에서 의뢰하는 경우만 가능한 시스템이라서 말입니다."

"이 선생님의 의지가 중요하지요. 의뢰는 검경이 한다지만 일이 이렇게 된 이상 성과는 결국 이 선생님 손에 달린 것 아닙니까?"

"어째 두 분 말씀하시는 분위기가 바로 청와대나 경찰청으로 불려갈 분위기인데요?"

"아마 그럴 겁니다. 해서 우리 피 총괄실장님이 각오하라는 뜻으로 운을 뗀 것이지요."

서필호가 웃었다. 그 미소의 효과는 즉각적이었다. 곧이어 창하 핸드폰이 울렸고, 발신처는 청와대였다.

—이창하 소장님.

수석비서관의 목소리가 흘러나왔다.

＊　　　　＊　　　　＊

사앗!

메스가 피부를 밀고 갔다. 쇄골에서 하복부까지 단숨이었다. 출근을 마친 창하는 밀린 결재를 처리하고 부검실로 들어섰다. 부검대 위의 시신은 오늘 예정된 부검 가운데 가장 난이도가 높았다. 그렇기에 창하가 자청하고 나선 것이다.

시신은 물에서 나왔다. 여대생이었다. 사건의 발단은 절교였다. 여자가 안녕을 고했다. 흥분한 남자가 여자를 붙잡고 실랑이를 벌이던 와중에 여자가 쓰러졌다. 깨워도 일어나지 않으니 겁이 났다. 죽은 줄 알고 강물에 던져 버렸다. 자수한 남자의 자백이었다.

「사체 유기」

경찰의 판단이었다. 의사의 검안을 거쳤으므로 법적 문제는 없었다. 하지만 유족의 판단은 달랐다. 딸의 가슴과 얼굴에 작은 상처가 있었다.

「폭행 사망 후 시신 유기」

유족의 주장이었다.

남자는 상처는 강물에 던져 넣는 과정에서 생긴 것이라고 주장했다. 폭행은 일체 없었다는 것이다.

"소장님이 직접 하지 않으셔도 되는데……."

절개된 부위를 잡아주던 광배가 중얼거렸다.

"왜요? 저 이제 부검실에서 밀어내려고요?"

"그렇기도 하고요."

"으음, 저 없는 사이에 다른 선생님들 하고 케미가 잘 맞았나 봐요?"

"그보다 오시자마자 부검실로 내려오니까 그렇지 않습니까?"

"그러는 실장님은요? 이제 행정 관리만 하라고 했는데 왜 나오셨어요?"

창하가 받아쳤다. 이제는 사무관의 신분인 광배였다. 운전직이나 방호직만 해도 최선임은 약간의 혜택을 누린다. 그러니 사무관으로 승진한 것에 대한 배려를 했던 것이다.

"송충이는 솔잎을 먹어야지요."

광배가 잘라 말한다.

"저도 마찬가지입니다."

창하도 질세라 쐐기를 박는다.

"소장님."

"출혈이 있네요."

창하의 시선은 상처 부위에 있었다. 절개하고 들어가 보니 출혈이 보인 것이다.

찰칵!

90㎜ 렌즈의 카메라가 바빠진다.

"WBC 군락도 보이고요."

WBC는 백혈구다. 백혈구가 국소적인 부위에 모여 있다는 것은 이 상처가 생전에 생겼다는 방증이다. 이것으로 남자가 여대생을 생전에 폭행한 것은 빼박 팩트가 되었다.

이제 남은 과제는 산 사람을 물에 던졌느냐, 죽은 다음에 던졌느냐가 되었다. 익사를 다투게 된 건 코와 입의 거품 때문으로 보였다. 익사에서 보이는 일반적인 소견이 보이지 않으니 검안의가 사망 후 유기라는 판단을 내린 것이다.

이 시신의 경우에는 폐의 팽창도 유의할 만하지 않았다. 하지만 좌심실의 혈액이 증인을 자처하고 나섰다. 혈액이 묽어진 것이다. 물에 빠진 사람의 폐로 들어온 물은 심장으로 이동한다. 이때 특히 좌심실의 혈액을 묽게 만든다.

지잉!

전동톱이 돌았다. 이번 절개는 광배가 맡았다. 노련한 손길은 정밀한 로봇 팔에 다름 아니었다.

"……!"

접형동이었다. 혈흔이 섞인 물이 나온 것이다.

찰칵!

카메라가 다양한 각도에서 움직인다. 머리뼈 안에 숨은 접형동 역시 익사를 판단하는 바로미터의 하나다. 죽은 상태로 물에 버려졌다면 물이 찰 리 없는 곳이었다.

"깔끔하네요."

창하가 부검을 종료하자 원빈이 환하게 웃었다. 그때 부검실의 전화기가 울렸다.

"국과수 우원빈입니다."

원빈이 전화를 받았다.

"소장님, VIP들 오셨다는데요?"

원빈이 창하를 돌아본다.

"알겠습니다."

창하가 장갑을 벗었다.

"청와대하고 경찰청 등지에서 높으신 분들이 죄다 출동한다고?"

시신을 수습하던 광배가 말했다.

"노르웨이처럼 우리도 의문사 재부검 들어갈 눈치입니다."

"우리 소장님 또 혹사당하시겠네."

"그보다 실장님."

"실장은 무슨……."

"사무관님이잖아요. 아무튼 새로 발족될 법과학공사 말입니다."

"그건 왜?"

"소장님이 우리도 데려갈까요? 박 주사하고 이 주사님 등이 자꾸 물어보던데……."

"언감생심, 거긴 한국 법과학의 수준을 한 단계 높일 곳이라잖아? 우리 정도 스펙으로 되겠어?"

"아, 씨… 이럴 줄 알았으면 진작 박사 코스 밟는 건데… 집에서 난리예요. 소장님에게 사정이라도 해보라고……."

"소장님이 청탁 같은 거 받아줄 사람 아니잖아?"

"그렇죠?"

"우 선생은 그래도 희망이 있지. 문제는 나 같은 꼰대지."

"실장님……."

"솔직히 사무관까지 시켜주셨으니 더 욕심도 없지만 사람 마음이 안 그러네. 한 십 년만 젊었어도……."

광배가 웃었다. 어쩐지 허전한 미소였다.

"늦었습니다."

접수실 앞으로 달려온 창하가 예를 갖추었다. 거기 포진한 사람은 다섯이었다. 한 사람은 청와대 유민수 민정수석비서관이었고 대검 형사부장과 과학수사부장에 경찰청 수사국장과 과학수사관리관이었다. 원래는 청와대 비서관만 오는 줄 알았던 창하였다. 그러나 검경의 수사 핵심 관계자들이 총집합을 했으니 살짝 긴장이 되었다.

"회의실로 가시죠."

창하가 복도를 가리켰다. 길관민이 그들의 안내를 맡았다.

"이 소장님."

녹차가 나오자 비서관이 먼저 운을 떼고 나왔다.

"예."

"쟁쟁한 분들을 모시고 오니 좀 놀라셨죠?"

"조금 그렇습니다."

"노르웨이 법의학 쾌거를 보신 대통령께서 잔뜩 고무되어 계십니다. 원래도 이 소장님 광팬이 아니십니까?"

"과찬이십니다."

"소장님 덕분에 한국의 법의학이 세계를 선도하고 있다고 자부심이 대단하십니다."

"실망시키지 않기 위해 더 노력하겠습니다."

"그렇잖아도 관련 오더를 가지고 왔습니다."

비서관이 서류 가방을 열었다. 모두의 시선이 가방으로 집중이 되었다.

"오면서 보니 노르웨이 왕궁 지하실의 갓난아기 매장에 대해 심층기사가 났더군요. 국왕 가문이 대대로 얼마나 속을 태

윘을지 짐작이 갔습니다. 사람이 죽으면 그와 관련된 것들도 함께 묻히는 것이니 남은 사람들은 어느 것이 진실인지 궁금할 때가 많지 않습니까?"

"……."

"아시겠지만 우리나라의 사건 중에도 국민들의 의혹을 속 시원히 풀지 못한 것들이 많습니다. 역대 정권에서 여러 각도에서 저울질을 해보았지만 결국 손을 대지 않았죠. 국민 모두가 납득할 만한 결과가 나오지 않으면 오히려 정권에 부담이 되기 때문입니다."

"……."

"그러다 보니 새 정권들은 소극적 태도로 임기를 채우곤 했습니다만 현 대통령의 의지는 조금 다릅니다. 실은 소장님을 믿기 때문이지요."

"과찬이십니다."

"아닙니다. 우리 청와대에서는 이미 여론 점검까지 마친 상황입니다. 국민들의 86%는 소장님의 부검 결과를 신뢰하고 있는데 이는 대통령의 지지도를 무려 2배나 상회하는 결과입니다."

"……."

"해서 대통령께서 국민들 가슴에 멍울로 남은 사건에 메스를 대보기로 결단을 내리셨습니다. 문제는 소장님의 의지입니다만……."

비서관이 봉투를 열었다. 창하까지 다섯 시선은 이제 미동의 움직임도 없었다. 현직 대통령이 의지를 가질 사건이라면 가까운 과거의 것이 틀림없었다. 그러나 의문사 내지 의문의 사건이란 매 정권마다 꼬리표처럼 붙어 있다. 대통령의 선택은 그중 어떤 것일까?

봉투가 열리고 서류가 나왔다. 다섯 시선을 서류를 따라 움직인다. 숨소리도 들리지 않는다.

사랏!

서류가 창하 앞에 펼쳐졌다. 붉은 빛이 바래가는 '보안'이라는 고무인이 시선을 박차고 들어온다.

"우!"

검경 관계자들의 입에서 신음 소리가 새어 나왔다. 창하 앞에 놓인 서류의 제목은 '춘동호'였다. 수학여행을 나선 초등학생 220여 명을 태우고 독도로 향하다 속초 앞 인근 바다에서 화재로 침몰해 166명의 사망자를 낸 통한의 여객선. 맨 앞에 새겨진 사진에는 '자살'로 알려진 선주 류화룡의 얼굴이 박혀 있다. 아찔한 기류 위로 비서관의 목소리가 이어졌다.

"시신의 진위에 대해 지금도 말이 많은 사건입니다. 대통령께서는 이 소장께서 류화룡 시신의 진위를 밝혀주시길 원하십니다."

*　　　　*　　　　*

춘동호 화재.

두말할 필요도 없는 21세기 초대형 인재였다. 국가 재난과 안전이라는 시스템을 근본부터 돌아보게 한 참극. 그 발단은 사소한 점검 부주의였다.

불이야!

막 어둠이 내린 바다에 울려 퍼진 외마디는 돌이킬 수 없는 비극의 신호탄이 되었다. 선장은 배와 함께 가라앉았다. 최초의 폭발이 일었던 기관실의 기관장도 나오지 못했다. 선박 안전관리에 소홀한 선사의 사장은 구조와 시신 인양이 끝나기도 전에 도피해 버렸다. 도피 기간만 무려 201일이었다. 위조 여권으로 필리핀으로 튀었네, 원양 선원이던 형의 지인을 통해 밀항을 떠났네 등의 루머가 파다했다.

그 와중에 그의 시신이 나왔다. 발효액을 생산하는 선사의 자회사가 약초 재배지로 쓰다 방치한 농장의 한 편이었다. 창하도 기억하고 있었다. 의대생 때였다. 해부학 수업을 마치고 나왔을 때 동기들이 웅성거렸다. 류화룡의 시신이 발견되었다는 속보 때문이었다.

이 사건은 시작부터 의문투성이였다. 첫째는 시신 발견 장소였다. 검경은 류화룡을 체포하기 위해 전국에 그물망 수사를 펼쳤다. 그렇기에 시신이 발견된 현장 역시 두 번이나 수색을 했다. 현장은 새 발효액 약초를 심다가 휴경지로 버려둔 곳이었다. 그렇다고 해도 두 번의 수색에서 시신을 찾지 못한 점은 이해하기 힘들었다.

둘째는 시신의 상태였다. 시신은 낡은 자필 유언장을 품고 있었다. 필적 감정 결과 류화룡의 것이 맞다고 나왔다. 그러나 부검 결과 목을 맨 것도, 약물을 먹은 것도 아니었다. 잡초가 우거진 휴경지의 수로에서 발견되었으니 고층에서 뛰어내린 것도 아닌 상황.

또 다른 의혹은 키였다. 류화룡의 신장은 174cm였다. 하지만 발견된 시신은 171cm에 불과했다. 사후에 시신이 건조된 것을 고려해도 격차가 지나쳤다.

의혹의 끝판은 담배와 커피의 차지였다. 시신의 치아는 누런 갈색이었다. 이가 누렇다면 보통 흡연이나 커피의 과음을 유추한다. 그러나 류화룡은 담배, 커피와는 담을 쌓은 사람이었으니 류화룡의 시신이 아니라는 주장이 힘을 얻은 것이다. 언론이 가세하면서 의혹은 눈덩이처럼 불어났다.

그러나 움직일 수 없는 증명도 있었다. 첫째는 당연히 유서였고 둘째는 옷과 모자였다. 류화룡은 노란색을 좋아했다고 한다. 그걸 입증이라도 하듯 모자와 상의 점퍼, 양말까지 황색이었다.

국과수가 부검을 맡았다. 무려 나흘간에 걸친 대 부검이었다. 그러나 결국 사인을 밝히지 못했다. 사인을 밝히기에는 부패의 정도가 너무 심했던 것이다. 그래도 시신이 류화룡인 것은 입증을 했다. 아쉬운 건 유전자 검사로의 입증이 아니라는 점이었다.

류화룡은 본래 형제 고아였다. 그 형은 춘동호 사고가 나기 2년 전에 알코올성 간염으로 죽었다. 한때는 원양 선원이었던 그의 형. 유언에 따라 바다에 유해를 뿌렸으니 유전자로 입증할 수 있는 방법이 없었다. 저 유명한 지문 역시 무의미했다. 부패된 시신의 손가락에는 살점이 남아 있지 않았다.

그래도 국과수의 검시관들은 포기하지 않았다. 머리를 맞대고 세간의 의혹을 하나씩 벗겨냈다. 키가 작게 나온 것은 시신이 방치되면서 들개나 산짐승들이 훼손한 까닭이었다. 실제로 이 시신의 목뼈 두 개는 이틀 뒤에 따로 발견이 되었다. 초기의 수사 경찰이 그걸 감안하지 못하고 성급하게 발표하는 바람에 불신을 자초한 것이다.

이빨의 변색 또한 시신 부패 시의 체액에 오염된 것으로 증명을 했다. 의혹의 마무리는 치아였다. 사망하기 몇 해 전의 치과 치료 기록을 찾아낸 것이다. 류화룡은 기이한 사람이었다. 발효액 회사를 차린 것에서도 엿보이지만 한의학과 민간요법을 좋아했다. 반대로 현대 의학은 불신했으니 건강보험에서 실시하라는 검진도 받은 기록이 없을 정도였다.

기록을 대조한 결과 턱 모양과 구강, 지아 조각들이 완벽하게 일치하는 것으로 나왔다. 지문이 없다면 치아가 신원확인의 주인공이 될 수 있는 것이다.

유서와 생전의 취향을 반영한 옷차림, 신분증, 치아 일치. 뼈밖에 없는 시신에게 그 이상의 증거는 뽑아낼 수 없었다.

그럼에도 언론이나 사망 아동의 부모들이 반발하는 건 시원한 한 방이 없는 까닭이었다.

—유전자.
—지문.
—얼굴.

만인이 공인하는 신원확인법. 불행하게도 모두의 고개를 끄덕이게 할 그 한 방이 빠진 것이다. 덕분에 국과수의 발표 또한 국민적 공감을 사지 못했다. 오히려 루머가 더 극성을 부렸다. 류화룡이 고위층의 비호를 받고 있다는 것이었다.

국과수의 발표에도 불구하고, 자기와 닮은 시신을 살해하고 해외로 도피한 류화룡이 배를 잡고 웃고 있을 거라는 추측의 불은 끄지 못했다.

8년.

긴 지났음에도 여전히 사고의 안타까움과 류화룡 시신의 진위에 대해 설왕설래가 있는 사건이 재수사의 도마에 올라왔다.

창하는 골똘했다. 다른 곳도 아니고 국과수가 결론을 낸 곳이었다. 수많은 선배들이 눈에 밟힌다. 줄이나 대서 딴 소장 자리라면 그냥 넘어가는 게 좋았다. 공연히 긁어 부스럼 따위를 만들 필요가 없었다. 류화룡의 시신이 미라로 보관된 것도 아니기 때문이었다.

"대통령의 직접 지시십니까?"

대검 과학수사부장이 물었다. 잔뜩 긴장된 목소리였다.

"그렇습니다."

비서관이 답했다.

"죄송하지만 청와대에서는 류화룡 부검에 대한 사안을 충분히 검토했습니까?"

"물론입니다."

"저는 류화룡의 시신이 나왔을 때 현장 책임을 맡고 부검 현장에 참관했었습니다만… 우리 센터장님 소견은 어떻습니까? 사건 당시 저와 대책 회의도 몇 번 했었죠?"

대검 부장이 경찰청 센터장에게 물었다.

"이것 참… 자칫하면 판도라의 상자를 여는 꼴인데……."

센터장의 고개가 갸웃 기운다.

"불가능하다는 말씀입니까?"

비서관의 목소리가 묵직해진다.

"제 견해를 묻는다면 그렇다는 쪽입니다. 당시에도 언론과 사회 분위기의 압박이 보통 아니었습니다. 사실 류화룡의 신원은 부검 당일 나왔습니다. 그럼에도 발표하지 못하고 몇 번이고 재확인에 돌입한 건 경찰과 국민들 사이의 괴리감 때문이었습니다. 시신은 류화룡이 맞지만 국민들이 이해하기 쉬운 증명이 아니었거든요. 대조할 유전자도 얼굴도 없는 시신, 게다가 초기의 현장 책임자들이 기자들에게 파편화된 정보를 주는 바람에 오보가 나갔고 거기서부터 국민들은 경찰의 발표에 등을 돌렸습니다. 워낙 어린아이들이 희생된 참화다 보니 명명백백한 것을 원하는데 여기 이창하 소장도 계시지만 부검이라고 해서 부패된 시신에다 얼굴을 붙일 수 있는 것은 아니거든요."

"컴퓨터 안면 복원 같은 것도 있지 않습니까?"

"통계적으로 볼 때 엄청난 사건이 벌어지면 사람들은 자기가 믿고 싶을 쪽을 믿어버립니다. 안면 복원은 당시에도 실시되었지만 비슷한 두개골을 가진 사람은 널리고 널렸습니다. 그런 기사 한 줄로 의혹은 진행형이 되어버리는 거죠."

"하지만 달리 말하면 여전히 의혹이 남은 사건입니다. 이 소장님이 노르웨이에서 쾌거를 올리자 기사 몇 개가 올라왔어요. 저 신들린 부검 실력으로 어디선가 호의호식하고 있을 진짜 류화룡을 잡자."

"유 비서관님도 죽은 류화룡이 가짜라고 보는 겁니까?"

"일반적인 시민 입장에서 말하자면 그런 쪽입니다. 경찰의 발표는 추상화처럼 느껴지거든요."

"완전히 부패된 시신이었습니다. 뼈만 남은……."

"말이 나온 김에 덧붙이자면 사인도 도출하지 못했죠."

"과학수사가 금 나와라 하면 나오는 도깨비 방망이가 아닙니다. 과학수사로도 사인을 밝히지 못하는 주검은 엄청나게 많습니다. 이건 미국도 마찬가지고요."

"그건 과학수사의 지휘자로서 할 말이 아닌 것 같은데요?"

"뼈와 일부 시랍화된 조직… 거기에 짐승과 벌레의 훼손… 제아무리 과학수사라 해도 피부가 없으면 손상을 알지 못하고 장기가 없으면 질병 유무를 모르고 목의 조직이 없으면 질식사의 여부를 가릴 수 없습니다. 무에서 유를 창조하는 게 과학수사가 아니라 불가능한 것은 불가능하다고 말하는 게 과학수사입니다."

센터장의 입장은 확고했다. 사건 당시 경찰은 엄청난 비난을 받았다. 200일이 넘는 도피 기간이 그랬고 시신이 나온 현장을 두 번이나 수색했다는 점만 해도 그랬다. 이제야 겨우 잠잠해진 사건이었다. 그러니 다시는 그 악몽과 마주치고 싶지 않은 것이다.

"부장님 생각도 그렇습니까?"

비서관이 시선이 과학수사부장을 겨누었다.

"솔직히 말하면 그렇습니다. 이 사건의 국민 정서를 돌아보면 뭐든 명명백백해야 할 것인데 재부검을 한다고 해서 뼈만 남은 시신에 얼굴을 붙일 것도 아니고, 바나에 뿌린 류화룡 형의 유해가 돌아올 것도 아니지 않습니까? 의혹에 불을 붙이는 꼴이 될까 두렵습니다."

"결국은 이 소장님 생각에 달렸군요?"

비서관의 최종 시선은 창하에게 꽂혔다.

창하는 류화룡의 사진과 뼈만 남은 채 발견된 사진을 대조하고 있었다. 골똘하던 창하가 천천히 입을 열었다.

"사실 저는 그때 의대생이었습니다."

"……"

"저도 의아했었죠. 어째서 저렇게 나중에야 발견이 되었을까? 어째서 사인이 나오지 않을까?"

"……"

"비단 이 사건뿐만이 아니라 다른 정치적인 사건들도 그랬습니다. 예를 들면 차별성이죠. 삶이 힘들고 위기에 빠질 때 사람은 죽음을 생각합니다. 그런데 어째서 연예인들이 목을 매거나 약을 먹고 자살하는 것에 비해 정치적인 사건들은 투신을 많이 하는 걸까? 혹시 누군가 그 사건에 연루된 사람들이 모여 협박으로 명예 자살 같은 걸 강요한 것은 아닌지……"

"……"

"오늘 이런 자리가 마련된 촉발점은 역시 저겠죠?"

"으음……"

비서관은 신음으로 동의를 표했다.

"앞의 두 분 말씀을 들으니 이 일은 승산이 없는 것 같습니다. 법의학자의 한 사람으로 생각할 때 그건 맞는 의견입니다."

"역시 불가능하다는 겁니까?"

"그렇지만……."

비서관에게 살짝 제동을 건 창하, 한 타임을 죽여놓고 말을 이어갔다.

"저는 금령공주를 생각하게 되었습니다."

"금령공주?"

뜻밖의 단어에 귀빈들이 촉각을 세웠다.

"금령공주는 고고학 하는 친구에게 들은 말입니다."

"……?"

"그리고 보니 춘동호 사고와 비슷한 연도로군요. 그때 동해는 눈물의 바다였지만 서해에서는 고려시대의 난파선들이 천년에 가까운 잠에서 깨어나 인양되고 있었습니다. 거기서 목간이 나왔는데 목간에 적힌 글자를 본 발굴 팀들은 흥분을 감추지 못했답니다."

[金令公主]

"그 한 단어 때문이었습니다. 목간에 공주라는 단어가 나온 것은 처음이었죠. 발굴 팀은 고려의 사료를 전부 뒤져 이 공주의 정체를 밝히려 했지만 실패했습니다. 나중에 알고 보니 엄청난 해프닝이었다고 하더군요. 금령공주는 '金令公主'가 아니라 '金─令公─主'였던 것입니다. 당시의 목간은 보통 성을 앞세우고 관직을 쓰는데 영공은 왕족이나 귀족이 받을 수 있는 최고의 칭호였다고 합니다. 발굴 팀 모두가 너무나 잘 알고 있는 일이었지만 '공주'라는 유혹에 빠져 버렸고 심지어는 그 직전에 나온 목간에 김영공이라는 것이 있었음에도 그랬으니 사람은 보고 싶은 대로 보려 한다는 교훈으로 삼고 있더군요."

"······."

"제 말은 곧 당시 국민적 정서가 그랬다는 것입니다. 국민들이 알고 싶은 금령공주와 경찰에서 발표한 금령공주는 서로 다른 바람이 들었던 거죠."

"이 소장님."

"하지만 지금은 시간이 조금 흘렀죠. 국민 여러분도 부검 결과를 냉철하게 받아들일 정도의 안정을 찾았다고 생각합니다. 그렇다면······."

"······."

"제가 선배 검시관들이 진 무거운 짐을 나눠지겠습니다."

마침내 이창하, 차가운 흙속에 묻힌 판도라의 상자를 다시 열어버렸다. 류화룡의 재부검을 받아들인 것이다.

*   *   *

[춘동호 선박회사 사장 류화룡 재부검 전격 결정]

[세계 최고로 평가받는 이창하 국과수 소장에게 전방위 지휘권 부여]

[9년 만에 열리는 판도라의 상자, 시신 진위 논란 잠재울까?]

방송과 인터넷이 미친 듯이 달아올랐다. 관련 기사의 댓글은 저마다 수만 건 이상 꼬리를 물었다.

—류화룡 떨고 있냐?

—류화룡 시신은 가짜였다에 내 연봉 건다.

—연봉 건다는 인간들은 99.9% 실업자 아니면 노숙자.

—신의 손 이창하, 진실을 밝혀주길.

—진작 그랬어야지, 이게 나라다.

—이창하가 진위 밝히면 군면제 시키자.

—윗분 검못알? 이미 군의관 제대하셨네. 군면제보다야 세금면제가 갑이지. 국민연금 건강보험 자폭하라.

—어린 영혼들이 지켜보고 있다. 이번에는 제대로 밝히자. 쫌!

때를 같이해 춘동호 유가족들과 관련 단체들도 힘을 보탰다. 광화문 앞의 단체 시위와 청와대 앞의 1인 시위로 도화선에 불을 댕긴 것이다.

재부검 본부는 서울 국과수에 마련되었다. 검경은 장혁과 채린의 팀을 보내 좌우에서 총력 협조 체제를 갖춰주었다.

"으아, 우리가 이렇게 다시 만나다니……."

본부 사무실로 마련된 회의실에서 장혁이 소회를 밝혔다.

"선배, 마냥 좋아할 일은 아닌 거 같은데?"

"그렇긴 하지만 이렇게라도 모이는 게 어디냐? 안 그렇습니까? 소장님?"

장혁이 창하를 바라보았다.

"그렇네요. 요즘은 얼굴 보기도 바쁘신 분들이니……."

"그건 우리가 할 말이에요. 이제는 아예 국제 통으로 노시니 밥 먹자는 말도 잘 못하겠더라고요."

채린이 끼어들며 볼멘소리를 냈다.

"사건 정리부터 해보면 좋겠습니다. 두 분도 사전검토 많이 하셨죠?"

"그럼요. 많이 했죠."

장혁이 자세를 바로잡았다.

"어떻게 생각하세요? 두 분의 상관들께서는 부정적이시던데?"

"저도 물론 부정적입니다."

장혁은 솔직했다.

"이유는 상관들과 비슷하겠네요?"

"맞습니다. 저도 대검과학수사부와 국과수 많이 쫓아다녔지만 모든 사망자나 사건에서 사인과 범죄 증명이 되는 것은 아니지 않습니까? 부검도 의학이니 불가능까지 가능하게 할 수는 없는 겁니다. 의사들이 모든 병을 다 고치지는 못하는 것처럼요."

"그런데 왜 이 사건 본부에 자원을 하셨죠?"

창하가 물었다. 초유의 재부검이다 보니 자원을 받았다. 검찰에서는 장혁이었고 경찰에서는 채린이었다.

"도박성 딜이죠."

장혁이 웃었다.

"딜?"

"수사 지원 검사 자원하기 전에 과학수사부장님 만나 뵈었는데 재부검으로 뭔가 달라질 결과가 나올 확률은 99.9% 없다고 하더라고요. 하지만 메인 부검의가 소장님이다 보니 그 0.1%에 걸었습니다."

"이 검사님……."

"그 전에 노르웨이 왕세자 유골 확인 기사도 읽었는데요 그걸 쓴 미국의 법의학자 말도 그렇더라고요. 그 여섯 구의 유골을 보는 것만으로 왕세자의 일가가 아니라는 걸 밝혀낼 확률은 0.1%도 될까 말까라고요. 그걸 해낸 소장님이시니 어떻게 지원하지 않을 수 있겠습니까?"

"선배, 그냥 솔까 이 선생님 곁불 좀 쬐러 왔다고 그래. 남자가 뭐 그렇게 미사여구가 많아?"

채린은 기어이 장혁의 염장을 질렀다.

"야, 차채린, 소장님 앞에서 그렇게 대놓고 말하면……"

"나도 그렇거든. 솔직히 말해서 이 재부검, 다른 부검의가 한다고 했으면 지원 안 했어."

"그러서? 어유, 요즘은 경찰이 검찰보다 무섭다니까. 아주 대놓고 말해 버리니……"

"으음, 이거 난감한데요?"

듣고 있던 창하가 어깨를 으쓱해 보였다.

"왜요?"

티격태격하던 장혁과 채린이 동시에 물었다.

"저는 솔직히 발전된 검경의 수사력 믿고 재부검 결심한 건데 두 분의 대답은 거꾸로 나오니……"

"그래서요? 설마 포기하시려는 건 아니죠?"

"셋이 손잡고 나가서 발표할까요? 머리를 맞대보니 결론 나왔다. 아무래도 안 되는 것으로."

"소장님."

"농담이고요, 긴장도 풀었으니 이제 시작하죠?"

"알겠습니다."

창하가 분위기를 조성하자 두 베테랑이 다가앉았다.

"부검은 제가 알아서 하겠지만 다른 자료조사는 두 분이 맡아주셔야 합니다. 첫 부검 때 자료를 보니 신원확인의 기준을 '당시'로 삼았더군요. 즉 사망하기 직전의 류화룡을 기준으로 신원확인 절차를 밟았다는 것입니다. 두 분도 익히 아는 사실일 겁니다."

"……."

"그러나 통상적인 것들 외에는 나오지 않았습니다. 유서, 신장, 평소 즐겨 입던 옷들, 치과 기록, 구강의 형태……."

"그럴 수밖에 없는 일 아니었나요? 시신은 부패했고 유전자 검사도 소용이 없었으니까요."

채린의 의견이 나왔다.

"맞습니다. 제가 청와대와 검경의 고위직님들에게 금령공주의 예를 들어드렸는데 어쩌면 당시 부검을 제가 했다고 해도 그렇게 접근할 수밖에 없었을 겁니다. 해서 저는 그 반대의 접근법으로 시작할까 합니다."

"반대라면?"

이번에는 장혁이 귀를 세웠다.

"첫 부검은 그 시신이 류화룡의 것이 맞다 쪽에 포커스를 맞추고 진행되었습니다. 결과적으로는 맞다에 부합하는 조건들이 많다 보니 '맞다'로 결론이 났지요. 그러니 이번에는 류화룡의 것이 아니다에 맞춰볼까 합니다. 맞지 않다라는 증거가 여럿 나온다면 류화룡의 시신이 아닌 게 되겠지요."

"만약 그렇게 증명이 된다면 류화룡은 어디에 있는 길까요?"

채린이 질러 나갔다.

"류화룡의 시신이 아니다라고 나오게 되면 그게 문제가 되겠죠. 우리가 그 진실에 도달하게 된다면 류화룡의 소재 파악에 체포까지 함께 처리해야만 재부검의 마무리가 될지 모릅니다."

"부담 백배로군요."

장혁의 표정이 무거워진다. 류화룡의 진위를 가리는 것도 어렵다. 그러나 그 시신이 가짜라면 더 어려운 건 오리무중이 된 그를 체포하는 일이었다.

"제가 앞에서 금령공주를 언급한 건 그 에피소드의 맥락 때문입니다. 금령공주 일화를 알려준 친구가 말하길 결국 앞선 발굴에 해답이 있었더군요. 큰 걸 기대하는 마음에 간과했을 뿐이었답니다."

"무슨 뜻이죠?"

"부검으로 비유하자면… 저도 실은 앞서간 선지자들의 부검에서 배우고 있습니다. 도구가 발달하고 장비가 첨단화되어도 부검의의 진정한 무기는 눈과 손과 메스죠. 다른 것은 보조할 뿐입니다. 그러니 사건도… 즉 범인이나 수사진들도 앞선 사건에서 배우고 응용한다는 뜻입니다. 그 수사 기록은 범인보다 수사진들 손에 더 가까이 있습니다. 어렵게 생각하느라 보지 못하고 있을 뿐이죠. 금령공주가 아니라 김―영공―주라는 걸 말입니다."

"철학적인데요?"

"아무튼 두 분은 이제 부검 외적인 전반에 전력을 하셔야 합니다. 이 검사님은 류화룡이 성인이 될 때까지의 모든 것을 알아봐 주시고 차 팀장님은 성인 이후의 것에 대해 알아봐 주십시오. 성향, 취향, 취미, 거기에 질병이나 신체적인 것은 코피 한 번 흘린 것까지도 간과하지 말아야 합니다."

"……."

"그 전에… 지난번 부검이 끝난 이후에 장례를 맡으신 수사관 있죠?"

"예."

채린이 답했다.

"그분과 장의사를 유골 발굴 현장에 모셔와 주십시오. 화장 대신 매장을 해준 것에 대한 인사도 해야 하고 발굴 현장부터 증인을 세워야 합니다. 혹시라도 엉뚱한 무덤을 파서 생쇼를 했다는 억지가 나올 수도 있으니까요."

"알겠습니다."

채린이 답하자 창하가 마무리 멘트를 날렸다.

"유골 발굴은 나흘 후로 잡겠습니다. 죄송하지만 제가 부탁한 기록은 그 안에 마쳐주시기 바랍니다."

*　　　　*　　　　*

"……!"

국과수 부검 팀도 바짝 촉을 세웠다. 창하의 시나리오가 공개된 것이다. 디데이는 나흘 후였다. 역사적인 부검이 코앞에 와 있었다.

"뭐부터 해야 할까요?"

지원 책임을 맡은 길관민이 물었다. 원래는 창하의 직속 선배였던 길관민. 그러나 창하가 소장 자리에 오르니 반말에서 졸업한 지 오래였다.

"법치의학자 초빙은 끝났습니까?"

"예, 말씀대로 국내 전문가 한 명에 미국 전문가 한 명을 모셨습니다."

"두 분 초빙 외에 발굴 현장 관리도 맡아주셔야겠습니다. 보도진을 통제만 할 수도 없는 경우니 발굴을 방해하지 않는 범위 내에서 취재 라인을 관리해 주십시오."

"다른 것은요?"

"증인을 겸해 법의학자 한두 분 섭외하세요. 당일 이송 중의 교통 상황은 경찰에서 맡기로 했는데 국과수 앞에 인파가 몰릴지 모르니 철저히 대비하시고요."

"트릭을 쓰는 건 어떻습니까?"

"트릭요?"

"예를 들면 본원에서 한다고 흘려놓고 서울사무소로 오는 것 말입니다. 그럼 성가신 취재진을 따돌릴 수 있을 겁니다."

"좋은 생각이지만 이번 경우와는 어울리지 않습니다. 의혹을 풀자는 재부검이니 우리가 조금 불편하더라도 오해를 살 일은 하지 않는 게 좋을 것 같습니다."

"그렇군요."

"다만 당일 예정된 소내 부검은 가급적 외부로 돌려놓으세요. 아무래도 혼잡은 피할 수 없을 테니까요."

"그렇게 하겠습니다만 언론사에서 실시간 보도 자료를 원하고 있습니다."

"실시간은 어렵고 일일 보도 자료는 내겠다고 하세요. 보도 자료에 치여서 부검 대비를 못 하면 곤란하니까요."

"알겠습니다."

길관민이 나가자 원빈과 광배가 들어왔다.

"두 분 역할이 커요."

창하가 두 사람에게 신뢰를 보냈다.

"뭐든지 맡겨만 주십시오."

대답하는 광배 목소리는 사뭇 비장했다.

"그렇다고 너무 비장하시지는 말고요, 우리가 하던 대로 차분하게 하면 됩니다."

"주의할 점은요?"

"역시 입조심이겠죠. 아마도 기자들이 따라붙을 겁니다. 소소한 의견이라도 개인적으로는 밀하지 말아주십시오. 그것들을 악의적으로 꿰어 맞추면 엉뚱한 결과가 될 수 있습니다."

"기레기들 특징이지요. 명심하겠습니다."

"당분간은 힘들겠지만 같이 헤쳐가자고요."

"힘든 거야 아무렇지도 않지만……."

광배가 고개가 문득 바닥을 향해 떨어졌다.

"왜요? 무슨 일 있으세요?"

"……."

"말씀해 보세요. 어디서 압력이라도 들어왔습니까?"

"그런 건 아닙니다."

"그럼요."

"그게… 어쩐지 이번 부검이 끝나면 소장님이 떠나실 것 같은 예감이 들어서요."

"제가요?"

"잘되면 법과학공사 일이 더 바빠지실 테고 못 되면 여기저기서 쏟아질 압박 때문에……."

"실장님은 어느 쪽으로 생각하세요? 전자? 후자?"

"저야 물론 전자가 되기를 바라지만……."

"그러셔야죠. 당연히 긍정 쪽으로 가야죠. 류화룡의 시신이 진짜든 가짜든… 그게 법의학자의 길 아닌가요?"

"……."

"허드슨강의 생지옥 속에서도 꿋꿋했던 우리들입니다. 국민들이 원한다면 이번 일로도 국민들에게 희망을 드려야죠."

"……."

"그렇게 국과수의 기둥을 천국의 기둥처럼 반듯하게 세워놓은 후라야 저랑 같이 법과학공사로 가시더라도 후회가 없지 않겠어요?"

"…예?"

광배는 한 박자 늦게 반응했다. 그건 원빈도 마찬가지였다.

"소장님, 지금 뭐라고……?"

"왜요? 법과학공사는 신분보장 되는 공무원이 아니니까 저랑 같이 안 가실 생각이었어요?"

"소장님, 그럼 저희를?"

되묻는 광배의 눈동자는 이미 충혈된 후였다.

"당연하죠. 두 분이 사생결단으로 안 간다고 하기 전에는 모셔 갈 겁니다. 대신 가시면 공부는 더 하셔야 해요. 저랑 같이."

"으아악, 소장님."

광배가 그 자리에 주저앉았다.

"소장님……"

원빈도 눈물을 글썽거린다.

"쉬잇, 다른 사람이 알면 저 욕 먹습니다. 국과수 기둥 빼간다고 말입니다."

"기둥은 무슨… 우 선생, 들었지? 소장님이 우리 데려가신다는 말?"

"아, 씨… 나한테 묻지 마세요. 나도 정신이 하나도 없는데……"

돌아선 원빈이 눈물을 닦는다.

"자, 그러니 우선은 국과수의 영광을 위해 재부검 준비에 만전을 기해주세요. 허드슨강에서처럼 우리 팀의 실력 한번 보여주자고요."

창하가 주먹을 쥐어 보였다.

"예, 소장님!"

대답하는 둘의 목소리도 창하의 주먹만큼이나 단단했다.

제8장

—

법과학 앞에 완전범죄란 없다

날은 잔뜩 흐렸다.

창하가 현장에 도착했을 때 주변은 이미 인산인해였다. 기자는 물론이고 유족들과 시민들까지 수천을 헤아렸다. 하늘에는 헬기까지 떠 있다. 취재용 드론도 서너 대 보였다.

"이창하 검시관님!"

"진실 규명을 부탁합니다."

"진실을 밝혀서 아이들의 한을 풀어주세요."

곳곳에서 응원의 함성이 나온다. 경건히게 예를 깃추고 현장을 향해 걸었다. 분위기에 취할 때가 아니었다.

"소장님."

채린과 배 경위가 창하를 맞았다. 사안의 중대성 때문인지 장혁도 나와 있었고 현장 안전을 책임진 지역 경찰서 교통과장도 보였다.

"저분들입니다."

채린이 봉분 옆의 두 사람을 가리켰다. 모자에 선글라스를 눌러쓴 두 사람. 류화룡의 장례식을 주관하고 입관을 했던 경찰과 장례지도사였다. 그들 옆에는 시민 단체 대표와 유족 대표도 있었다. 관이 나오는 것부터 공개하고 갈 생각이었다.

"무덤은 아무 문제 없습니다."

묘지공원 측 관계자 목에 힘이 들어갔다. 그들로서는 굉장한 홍보가 되는 일이었다. 그렇기에 거의 전 직원을 동원해 협력하고 있었다.

하지만 관계자의 인상은 바로 찌그러졌다. 봉분을 헐어내자 젖은 흙이 나오기 시작한 것이다.

"물이 찬 거야?"

장례지도사가 미간을 구겼다. 추모할 사람도 없는 주검이지만 무덤에 물은 곤란한 일이었다.

"아이고, 이런."

장례지도사가 탄식을 쏟는다. 겨우 모습을 드러낸 관은 홍건한 습기와 곰팡이의 세상이었다. 바닥에 물이 찬 것이다. 덕분에 관의 일부도 썩어버렸다. 그 사이로 허연 백골이 드러났다.

"나쁘지 않네요."

창하는 긍정적으로 생각했다. 놀란 채린과 장혁이 돌아보았다.

"의혹을 부추기는 사람들이 말하길 관이 비어 있을지도 모른다고 했잖습니까? 어쨌든 관은 비어 있지 않으니까요."

채린은 창하의 배포에 혀를 내둘렀다. 창하는 어느새 그녀가 판단하던 이상으로 발전해 있었다. 절체절명의 순간에도 평정심을 잃지 않는 것이다.

창하가 흔들리지 않으니 유골 발굴 팀도 동요하지 않았다. 봉분 옆으로 작은 도랑을 파 물길을 낸 후에 관을 지표면에 올려놓았다.

끼이!

물 먹은 나무의 마찰음과 함께 관 뚜껑이 열렸다. 시신이 드러났다. 첫 발견 때의 사진과 크게 다르지 않았다. 백골은 여전히 백골이고 시랍화된 일부 조직은 여전히 뼈에 눌어붙어 있었다. 물이 찼지만 다행히 관 바닥까지라 유골이 다 잠기지는 않았던 것이다.

"확인하시죠."

창하가 매장 당시의 증인들을 불렀다. 장례지도사가 다가와 시신을 덮은 광목을 들췄다.

'윽!'

야릇한 냄새에 인상을 찡그리며 돌아선다. 그러다 겨우 호흡을 가다듬으며 입을 열었다.

"맞습니다. 제가 한 대로네요."

그들도 자신의 방식이 있었으니 유골과 매장품의 순서로 그걸 확인해 주었다.

펑펑!

그제야 국과수의 카메라가 돌아갔다. 재부검과 관련된 사진은 오직 국과수만 찍기로 했다. 사인 분석에 있어 사진은 매우 중요하다. 그렇기에 적합한 카메라 렌즈가 따로 있었고 비스듬한 각도가 나오지 않아야 했다. 아울러 곡면이 나오는 사진은 다양한 각도를 확보해야 했다. 그래야 왜곡을 보정할 수 있었다. 그렇지 않고 특정한 각도에서 찍은 한두 장으로 사인에 접근하면 왜곡된 해석이 가능해지기 때문이었다.

"유족 대표님도 확인하세요."

뒷줄의 유족을 불렀다. 그가 시신 앞에 서니 사방이 경건해졌다.

'으흑.'

통곡을 삼킨 그가 창하 손을 잡았다.

"진실 규명을 부탁합니다."

창하의 손이 유족 손 위에 얹어졌다. 이심전심의 말없는 약속이었다.

관은 통째로 지지대 위에 올려졌다. 그런 다음 흰 천으로 덮고 운반에 들어갔다.

"관이 나온다!"

아래로 내려오자 시민들이 술렁거리기 시작했다. 몰려드는 인파는 경찰들이 몸으로 막았다.

"서둘러요."

창하가 현장 발굴 팀에게 지시했다. 서너 번의 예행연습까지 하고 왔기에 문제는 없었다. 관은 특별 운구차에 실렸고 바로 문이 닫혔다.

애애앵!

경찰 선도차가 앞장을 서면서 유골 발굴은 막을 내렸다.

"유골이 현장에서 출발합니다. 부검 준비하세요."

뒤에서 따르던 창하가 국과수에 전화를 걸었다. 이제 공은 창하에게 넘어왔다.

*　　　　　*　　　　　*

창하가 대기실로 들어섰다. 길관민과 두 법치의학 전문가가 시야에 들어왔다.

"준비 되셨습니까?"

창하가 두 전문가에게 물었다. 한국의 전문가는 길병선이었고 미국의 전문가는 다니엘이었다.

"유골은 부검실에 도착해 있습니다. 지금 부검 준비를 하고 있을 겁니다."

"기다리던 바였소."

창하의 영어에 다니엘이 답했다.

"다른 참관자들도 준비가 되었죠?"

창하가 길관민을 돌아보았다.

"지금쯤 모두 입장해 있을 겁니다."

"그럼 가시죠."

창하가 문을 가리켰다. 출격의 시간이었다.

"소장님."

원빈은 부검실 문 옆에 있었다. 그의 손은 창하의 루틴에 따라 스위치 위에 있었다. 하지만 오늘은 창하가 고개를 저었다.

"예?"

원빈의 눈이 휘둥그레졌다. 천하의 VIP들 앞에서도 루틴을 고수하던 창하였기 때문이었다.

"이번 부검은 예외가 필요한 것 같아서요."

차분한 미소로 원빈을 제자리로 보냈다.

창하에 더불어 두 명의 초빙 법치의학자들, 거기에 더해 국과수와 대학에서 모셔온 두 명의 법의학자, 두 명의 카메라 직원에 더불어 원빈과 광배가 포진을 마쳤다. 그 뒤로는 역시 유가족 대표와 시민 단체 대표, 그리고 기자 대표 두 명이 참관자의 위치에 있었다. 또 다른 쪽에는 정부 관계기관에서 나온 사람들이 자리를 잡았다.

"오후 4시 08분, 류화룡의 재부검을 시작합니다."

창하가 부검 개시를 알렸다.

시신은 1차 부검대 위였다. 아직은 관을 해체하지 않은 상태였다. 창하의 손이 움직이기 시작했다. 관 뚜껑을 들자 냄새가 등천을 했다. 마스크를 했음에도 악취가 코를 쪼았다. 흰 곰팡이와 관 썩는 냄새, 거기에 습기에 노출된 시랍화 부분이 섞였으니 일부는 코를 틀어막고 돌아서기도 했다. 그래도 유가족은 인상 한 번 찡그리지 않았다. 그야말로 부릅뜬 눈이었다.

관의 내부는 처참했다. 절반쯤 수몰된 통나무집이 이럴까? 판자는 녹아내리고 관 안쪽의 광목 천에 묻은 흰 곰팡이는 꽃가루처럼 피어올랐다. 그 천을 제거하자 류화룡의 유골이 완전하게 드러났다.

두 손은 가지런히 교차되어 배 위에 올려져 있었다.

찰칵 찰칵!

카메라가 바빠졌다.

다음으로 광배와 원빈이 관에 들어 있던 유품들을 펼쳤다. 유골 재부검인데 저런 과정까지 필요할까? 참관인들이 고개를 갸웃거리지만 창하는 개의치 않았다. 부검은 언제나, 사소한 것에서 단서가 나올 수 있었다. 그러니 모든 것을 점검하는 것이다.

노란 모자와 노란 점퍼, 그리고 노란 양말… 주로 노란색이 많았다. 류화룡은 노란 색을 좋아한다. 그건 언론에서도 수차례 강조된 바였다.

찰칵!

카메라가 유품을 찍었다.

다시 광배와 원빈의 차례였다. 둘은 노련하게 유골을 들어냈다. 더러는 뼈가 분리되고 끝이 부서지기도 했지만 원형은 대체로 유지가 되었다. 그걸 다음 부검대로 옮겼다. 참관인들도 자동적으로 자리를 옮겨 갔다.

이제는 CT와 엑스레이 차례였다.

"머리와 치아를 중심으로."

창하의 특별 오더가 떨어졌다. 장기가 사라진 시신이었다. 뼈 수술이나 손상 등의 특별한 특징이 없다면 두개골과 치아 이상의 샘플은 있을 수 없었다.

잠시 쉬는 동안 창하는 유품을 바라보았다.

빨주노초파남보.

춘동호의 색도 주로 노랑이었다. 색깔은 많고 많다. 그런데 류화룡은 왜 노란색을 좋아했을까? 그는 애주가로도 알려졌다. 그렇다면 술도 노란 맥주나 조랭이 막걸리 같은 것이었을까?

생각하는 사이에 유골이 돌아왔다. 이제는 정말, 창하가 나설 차례였다.

인골과 정강이뼈부터 측정했다. 신장을 도출하기 위한 작업이었다. 치아 상태로 측정한 나이는 62세(62.22±2.29)로 나왔다. 류화룡의 당시 나이가 62세였으니 거의 근접했다. 신장 또한 170㎝로 계산되었다. 사망 후 10여 년에 가까운 시간이 경과했으니 이 또한 근접했다. 유골 샘플로 검사한 혈액형은 O형이었다.

이어진 부검부터 모두가 혀를 내둘렀다. 창하는 돋보기를 들고 대들었다. 인체를 상하좌우로 나눠 현미경식 접근법으로 달려든 것이다. 시작은 장기가 들어 있던 부위들. 온통 허전하지만 늑골과 골반으로 흘러내린 시랍화 조직의 흔적이라도 마다하지 않았다.

녹아버린 장기에 대한 미련은 없었다. 인간의 심장이나 뇌는 컴퓨터의 기억장치가 아니었다. 그게 있다고 사인이 저절로 나오지도 않는다. 지금은 현실에 충실할 뿐이었다.

내장 공간의 체크를 마친 창하, 손가락의 작은 흠집 하나도 놓치지 않더니 어깨의 탈구, 오십견 등의 징후, 늑골과 골반까지 내려갔다.

아쉽게도 소득은 없었다. 고아원에서 자랐다지만 류화룡은 뼈에 이상이 없었다. 손가락도 멀쩡했고 늑골도 척추도, 심지어는 꼬리뼈인 '미추'까지 이상이 없었다.

이제 치아 쪽으로 옮겨갔다. 땅속 세월도 치아에게는 무심할 수 있었다. 그렇기에 치아는 아직도 봐줄 만했다.

인간의 입은 다양한 특색을 보인다. 32개의 치아가 대표적이다. 치아는 개인마다 다른 흠과 틈, 각도 등을 가지고 있다. 생후 6개월부터 나기 시작하는 치아는 보통 13세가 되면 영구치로 대체가 된다. 이 치아들은 긴 세월 동안 음식물을 씹고, 말하면서 지문처럼 독특한 형태를 갖춘다. 치과의사들이 이 치아를 치료하면 흔적이 남는다. 그렇기에 법치의학자들은 구강 전체의 특징은 물론, 치아의 파편에서도 유사성을 건져낼 수 있었다.

"석고 뜨시죠."

먼저 체크를 끝낸 창하가 자리를 비켜주었다. 석고를 뜨는 건 류화룡의 치과 기록과 대조하기 위해서였다. 이 또한 지난 부검에서 실시한 과정이었다. 두 전문가가 달려들어 작업을 시작했다. 석고본은 위아래로 떴다. 필요한 엑스레이 추가 촬영도 동반되었다. 불행히도 시신의 치아 상태는 평범했다. 독특한 부정교합도 보이지 않고 치아결절도 양호한 편이었다. 두 법치의학자는 차례를 두고 류화룡의 치아를 상세히 기록했다.

"1차 기본 부검을 마칩니다. 부검 결과가 정리되는 대로 남은 부검을 계속하겠습니다."

창하의 선언이 나왔다. 부검하는 창하보다 참관인들이 더 힘든 모습이었으니 휴식도 필요했다.

"······."

소장실로 돌아온 창하가 과정을 더듬었다. 지금까지는 나

뻘 것도 좋을 것도 없었다. 큰 소득은 없지만 실망하지 않았다. 이렇게 간단할 일이었다면 첫 부검에서 잡아내지 못했을 리가 없었다.

하지만 마냥 긍정적일 수도 없었다. 두 법치의학자들이 반갑지 않은 결과를 가져온 것이다.

"치아중첩법까지 써보았는데 기존의 치과 기록과 정확하게 일치합니다."

"……?"

"미세한 불일치에 기대를 걸 수도 있겠지만 치아는 움직이는 것이라 뒤집기는 힘들 것 같습니다."

"좌우로 뻗치는 각도도 같던가요?"

"류화룡이 아니라고 말하기는 어렵습니다."

"알겠습니다. 아직 두개골 검사가 남았으니 한 번 더 체크해 주세요."

"그러죠."

두 법치의학자가 돌아섰다.

피가 서늘해졌다. 그래도 아직은 실망할 단계가 아니었다. 하지만 두개골 검사에서도 확실한 상이점이 나오지 않았다.

"시간 낭비였어."

"젊은 친구가 공명심이 지나쳤지. 이건 누가 봐도 오버야."

참관인들 사이에서 질책론이 슬슬 불거져 나왔다. 그 분위기를 깨준 게 채린과 장혁이었다. 둘이 약속이나 한 듯 단서를 집어 온 것이다.

"이런 것도 도움이 될지 모르지만요……."

채린은 창하의 눈치를 살피며 말을 이었다. 수사의 주체인 주제에 의혹을 사는 사건에 도움이 되지 못하니 볼 낯이 없었던 것이다.

"고아원에서 같이 자란 사람들을 수배했어요. 그런데 같이 자랐던 사람 몇몇이 류화룡을 원숭이 똥구멍이라고 하더라고요."

"원숭이 똥구멍요?"

"류화룡이 엉덩이뼈가 꽤 많이 돌출되었대요. 그래서 친구들이 엉덩이를 만지며 많이 놀렸다고 해요."

"엉덩이뼈라면 미추인데?"

"틀림없대요. 증언해 준 사람은 미국으로 입양 간 친구인데 프린스턴 대학을 나와 법률가로 일하더라고요. 실제로 미국에 입양 갈 때 자기와 류화룡이 최종 입양 후보였는데 전신 신체 검사에서 꼬리뼈가 문제가 되어 자기가 선택되었다고 해요. 이분이 미국에 있다 보니 지난번 부검 때는 증인 대상에 수배되지 않은 것 같은데 당시 보모에게 확인하면 알 거라기에 보모의 증언도 확보했습니다."

"그래요?"

창하가 반응했다. 뭔가의 특징이 나왔다는 건 고무적인 일이었다. 거기다 현대 의학을 싫어했다는 것의 단초도 되었다.

현대 의학의 신체검사 덕분에 해외 입양이 좌절되었으니 병원 싫어할 만도 했다.

"저도 입대 신체검사 기록까지 뒤졌는데 보존 기한이 지난 문건들이라 폐기가 되었다더군요. 그리고 이건 별거 아니긴 한데……."

이번에는 장혁이 수사 보따리를 풀었다. 그가 화면에 띄워 놓은 건 류화룡이 사석에서 칵테일을 만드는 장면이었다.

'압생트?'

창하 미간이 꿈틀 움직였다. 압생트는 독주다. 그런데 이 칵테일은 굉장히 독특했다. 초록의 술잔 위에 올려놓은 각설탕에 불을 붙인 게 아닌가?

"소위 말하는 예술가의 영감의 술이랍니다. 그런데 류화룡이 이 술 마니아였다는 정보를 받았습니다. 류화룡의 여비서인데 자기 친구가 승무원이라서 20여 년 전부터 외국에서 공수해 왔다고 합니다."

'압생트?'

창하 촉이 즉각 반응을 했다. 뭔가 영감이 떠오른 것이다.

"잠깐만요."

창하가 키보드를 잡았다. 압생트를 입력하자 자료가 떠올랐다.

[압생트─산토닌과 투존 성분 함유]

'산토닌?'

산토닌 중독으로 일어나는 병은?

[뇌세포 파괴, 정신착란, 간질 증세, 황시증]

'뇌세포 파괴나 정신착란까지는 아니었고……'

황시증?

―황시증은 무색의 물체를 노란색으로 인식하는 병?

―노란색은 류화룡이 좋아하던 색?

―그러니 노랑 옷으로 도배하고 죽은 이 시신은 류화룡 본인?

아니지.

창하의 손이 미친 듯이 움직였다. 화면의 그림은 이제 류화룡의 유골로 바뀌었다. 유골의 미추뼈를 본다. 평범하다. 어릴 때 기형이던 미추뼈가 성장하면 없어지던가?

아니지.

절대 아니지.

피가 확 끓어오른다. 칠흑 같은 어둠 속에 빛이 내려온다. 그러나 확인이 필요했다. 그러자면 일단 류화룡의 미추뼈 사진이 필요했다.

"차 팀장님."

창하가 벼락처럼 고개를 들었다. 그리고 채린이 대답하기도 전에 명령 같은 질문을 이어놓았다.

"그 보모 수배하서서 입양 신체검사 때 찍은 전신 엑스레이 사진 좀 구해오세요. 꼭 그때 것이 아니더라도 좋아요."

      *   *   *

'압생트……'

창하는 그걸 보고 있었다. 운영지원과에서 구해온 두 병이었다. 19세기에 유럽을 풍미했던 술이다. 술의 주성분은 아르테미시아 압신티움, 즉 향쑥에서 추출한 엑기스였다. 이 술은 독특한 방법으로 마신다. 은으로 된 압생트 숟가락 위에 잔을 걸치고 각설탕을 올려놓는다. 그 위로 압생트를 따른 후에 찬물을 천천히 떨어뜨리면 각설탕 녹은 물이 흘러내리며 압생트와 섞인다. 이때 뿌연 액체가 형성되는데 창작자들은 이런 절차와 신비감을 창작에 비유했다.

톡.

설탕 녹은 물이 떨어지니 술잔 속에 뿌연 액체가 생기며 안개처럼 몽환을 이룬다. 창작자들에게는 영감이라지만 창하에게는 지금 상황 같았다. 술잔 속에 형성된 뿌연 혼탁. 류화룡의 시신 진위와 사인이 요원한 현재를 닮은 것이다.

술 한 모금을 마시며 류화룡이 되어보았다. 술에는 산토닌과 투존이 함유되어 있다. 한때는 이들의 독성이 과장되면서 제조와 판매가 금지되기도 했었다.

사과맛 잔향이 따라오기는 하지만 맛은 완전히 쓴맛이다. 이 술로 인한 에피소드는 세기의 화가로 불리는 고흐에서 절정을 이룬다. 그가 작품에 즐겨 쓴 노란색과 그가 자른 귀, 이 모두가 압생트의 산물이라고 알려지기도 했다. 고흐만 이 술에 빠진 건 아니었다. 모파상에 랭보, 헤밍웨이와 피카소도 이 술의 마니아였다. 술잔 너머로는 '녹색 뮤즈'가 보였다. 창하가 출력한 관련 그림이었다. 그림을 좋아하는 창하도 처음 보는 것이었다. 그림 속에서 요정은, 시인에게 영감을 불어넣고 있다. 지금 창하에게 필요한 영감이었다.

「첫 잔에서 당신은 원하는 모습대로 사물을 볼 수 있다. 두 번째는 그렇지 못한 모습을 보게 된다. 마지막 잔에서는 사물의 원래 모습을 그대로 보게 된다. 그것은 세상에서 가장 끔찍한 일이다.」

역시 이 술의 마니아였던 오스카 와일드의 명언이다.

「나는 문가에 앉아 압생트를 홀짝거렸다. 날마다 아무런 걱정 없이 즐겼다.」

고갱도 질세라 한마디를 더해놓았다.

테이블의 가장자리에는 류화룡의 유품이 증거 보존용 봉투에 담겨 있다.

노란 모자와 노란 점퍼, 그리고 노란 양말······.

압생트에 중독되면 사물이 노란색으로 보인다는 주장도 있다.

그래서 고흐는 많은 작품에 그토록 노랑을 덧발랐다는 것이다.

'그건 아니지.'

창하가 고개를 젓는다.

법의학자는 과학만을 받아들인다.

산토닌에 중독되면 황시증에 걸릴 수 있다.

이 병의 증세는 무색을 노란색으로 보는 것이다.

그러니 고흐가 흰색이나 무색을 노랑으로 볼 수는 있었다.

하지만 노랑은 그에게도 노랑일 뿐이었다.

채린이 놓고 간 전직 여비서의 증언을 틀었다.

―1년이면 30병 이상 마셨어요. 제가 알기로도 10년 이상 되었죠? 그걸 마시지 않으면 잠이 안 온다는 정도였어요. 마시는 방법이 의식에 버금가니 주로 혼자 마셨죠. 민간요법에 익숙하셔서인지 그분이 그런 식의 의식을 좋아하거든요. 구해

다 준 것도 저였으니 다른 사람은 대개 몰라요.

—그분은 괴팍한 면이 있었어요. 기업경영을 창작의 고통에 비유하곤 했었죠. 고아로 자란 자신이 그만한 부를 이룬 것도 압생트의 영감 때문이라고 말하곤 했어요.

—그 술은 제게도 권하지 않았어요. 각설탕을 녹일 때면 숭고해 보이기도 했는데 혼자 마셔야 사업적 영감을 오롯이 자신의 것으로 만들 수 있다고 생각하더군요.

여비서의 말은 계속 반복되었다.

두 번째 잔을 넘긴 창하도 감정이입을 시켜보았다. 첫 잔은 원하는 대로 사물을 본다고 했다. 두 번째 잔에서는 그렇지 못한 모습을 본다. 상징적인 말들이다. 잠깐의 환각 속에서 행복하다 다시 현실로 돌아온다는 암시가 담긴 것이다. 많은 사람에게 있어 현실은 고달프다. 그러나 압생트 애호가들은 걱정할 것이 없다. 앞서 마신 세 잔을 무시하고 다시 첫 잔의 사이클로 돌아가면 되는 것이다.

'시신이 가짜라면······.'

두 번째 명언이 눈을 차고 들어온다. 류화룡은 날마다 압생트를 홀짝거리며 아무 걱정 없이 즐기고 있을 것이다.

[산토닌과 투존]

창하 머리에도 영감이 왔다. 압생트를 10년 이상 마신 마니아 류화룡. 절제했다면 중독까지는 아니겠지만 그 성분의 함유는 피할 수 없다. 인간의 육체는 그가 먹고 마신 것의 탑이다. 무엇을 먹든 몸 안에 흔적이 남는다. 벌떡 일어서던 창하, 다시 의자에 눌러앉아 핸드폰을 꺼내들었다. 수신자는 리암이었다.

"리암."

─맙소사, 이 선생님.

그는 격하게 창하를 반겼다.

"조언이 좀 필요합니다."

창하가 말문을 열었다. 산토닌과 투존을 증명할 수 있는 방법을 확인하는 것이다. 시신의 진위를 밝히는 일의 중요성 때문이었다. 수많은 눈들이 지켜보고 있으니 단 한 방이어야지, 헛발질 후에 증명하면 신뢰도가 떨어지게 되어 있었다.

─그건 말이죠…….

리암의 단칼 조언이 나왔다.

'빙고.'

창하가 알던 방법보다 진일보된 것이었다. 통화 후에 인터폰을 집어 들었다.

"우 선생님, 천 선생님, 부검 재개합니다."

창하의 목소리에는 힘이 팽팽했다.

다시 부검대 위로 긴장과 이목이 집중되었다. 이제 집도의는 창하 혼자였다. 법치의학 전문가들은 다른 분석에 매진하고 있었다. 창하는 가슴팍에 눌어붙은 근육과 힘줄 등을 체크했다. 간과 신장이 녹은 부위를 찾는 것이다.

발견 당시의 자세를 감안해 말라붙은 근육과 조직 등을 발라냈다. 시랍화된 시신이라도 특정 장기 부근의 지방이 보존되는 일은 가능했고 이것들은 사망의 원인을 추적하는 데 도움이 되곤 했다. 같은 방법으로 두개골 안에서도 샘플을 긁어모았다. 창하가 원하는 건 압생트의 성분 산토닌과 투존이었다.

"분석실로 넘기세요."

샘플을 원빈에게 주었다. 원빈은 어느 때보다 비장하게 샘플을 받아들었다. 무에서 유를 창조해 가는 창하의 일념. 그걸 모를 원빈이 아니었다.

그사이에 채린이 성과 하나를 올렸다. 시립어린이병원의 낡은 보관창고에서 류화룡의 엑스레이 필름을 찾아낸 것이다. 일반적으로 5년이 지나면 버렸을 기록이었다. 작은 내과나 외과였다면 희망이 없었다. 그들은 폐업을 할 수도, 혹은 의사의 사망으로 기록 폐기를 할 수도 있었다. 그러나 다행히 시립병원이었다. 그렇기에 족히 50여 년은 묵었을 필름이 나온 것이다.

판독은 쉽지 않았다. 과거의 필름이라 낡아버린 것이다. 하지만 없는 것보다 백배는 나았으니 어린 류화룡의 미추 4번

뼈가 정상인에 비해 2배가량 돌출되었다는 사실을 확인할 수 있었다. 바로 부검실로 내려가 류화룡의 시신과 대조를 했다.

"……!"

창하 척추에 짜릿한 불벼락이 스쳐갔다.

달랐다.

부검대 위의 류화룡은 어린 류화룡처럼 특징적인 미추뼈를 가지고 있지 않았다.

'나이쓰.'

창하가 혼자 쾌재를 불렀다.

"소장님."

원빈이 달려왔다. 압생트의 결과도 나왔다. 부검대 위의 시신에서는 압생트의 성분이 나오지 않았다. 산토닌도 투존도 전혀 없었다. 이 검출법은 리암의 조언에 따른 국제 공인 검사법이었다. 여기서 검출이 되지 않았다는 건 그런 물질이 없다는 확인이었다.

―압생트 마니아였던 류화룡.

―그러나 압생트의 원료물질이 전혀 나오지 않은 시신.

―미추뼈가 특징적으로 커서 원숭이 똥구멍이라는 별명까지 있었던 어린 류회룡.

―그냥 평범한 미추뼈를 가진 시신.

빙고.

창하는 뼈를 치는 쾌재를 느꼈다.

"시신이 가짜로군요?"

비상 회의에 들어온 채린의 촉이 불을 뿜었다.

"예."

"그럼 유서와 혈액형, 생활 유품 등은 어떻게 설명될까요?"

장혁의 질문은 진일보했다. 첫 부검의 결과를 부정할 근거를 추리는 것이다.

"유서는 진짜 류화룡이 써준 것일 수 있습니다. 혈액형은 흔한 O형이니 큰 문제가 되지 않고… 생활 유품은 페이크일 가능성이 높습니다."

"페이크?"

"이 노란 모자와 상의, 그리고 양말… 어떻게 보면 지나치게 작위적이지 않습니까? 마치 나 류화룡이야 하고 대놓고 유인하는 듯한… 실제로 생전의 류화룡 사진을 보면 노랑색이 보이긴 하지만 어쩌다 한둘입니다."

창하가 자료 사진을 꺼내놓았다. 모자가 노란 적은 있었다. 상의가 노란 적도 있었다. 하지만 대다수의 일상에서는 평범한 색을 즐기는 경우가 많았다.

"하지만 신장과 치아도……."

"신장은 오차범위입니다. 치아의 일치가 마음에 걸리지만 흔한 치열이라 우연일 수도 있습니다. 첫 부검이 논란에 휩싸인 것도 이런 이유들 때문입니다."

"압생트 성분 미검출과 미추뼈의 상이함… 국민들이 수긍할까요?"

"법의학은 사인을 밝히는 과학입니다. 명명백백한 것이 나오면 목에 칼이 들어와도 밀어붙여야죠."

창하는 흔들리지 않았다.

"그렇다면 류화룡이 살아 있다는 건데……."

"역시 해외 도피일까?"

채린이 장혁을 돌아보았다.

"그럴 수 있지. 당시에도 그런 설이 나돌았고 이후로 목격자도, 제보도 없었잖아? 한국을 빠져나갔을 수 있어."

"아, 머리에 지진 나네."

채린이 이마를 짚는다.

"외국으로 나갔을 확률은 반반입니다. 그걸 달리 해석하면 한국에 있을 확률이 50%라는 얘기지요."

창하가 중심을 잡는다.

"한국에 남았다면 흔적이 있을 텐데 그게 보이지 않았어요. 오면서 전국 신고망 기록을 다 찾아봤는데 그 이후로 류화룡을 봤다는 신고는 한 건도 없었으니까요."

"그거야 성형을 하면 간단하지 않습니까?"

"당시 전국의 성형외과에도 공문을 보냈었습니다."

"소위 말하는 야매도 있지요."

"⋯⋯?"

"제 생각에⋯ 법의학적인 관점에서는 현재까지의 사안만으로도 시신은 류화룡이 아닌 것으로 인정받을 수 있습니다. 그러나 국민들 정서로는 조금 못 미치죠. 이것들 역시 최초 부검처럼 추상적으로 받아들여질 수 있는데다 유감스럽게도 사인은 알 수가 없습니다."

"저도 공감입니다."

"뭐 그건 나도⋯⋯."

채린과 장혁이 동의를 표해왔다.

"사실 국민들이 원하는 건 이 시신이 류화룡인가 아닌가 아니라 류화룡의 체포에 있다고 생각합니다."

"콜!"

"그렇다면 이 부검의 끝은 시신의 진위가 아니라 류화룡의 체포입니다. 만약 그가 살아 있다면 말입니다."

"⋯⋯."

"다행히 우리는 괜찮은 단서를 잡았습니다."

"단서?"

창하 발언에 채린과 장혁이 고개를 들었다.

"바로 이거 말입니다."

창하 손에 들린 건 영감의 술 압생트였다.

압생트 잔 위에 올려놓은 각설탕에 불이 붙는다. 설탕은 이제 속도감 있게 녹아내린다. 수사 팀의 수사 속도도 그랬다. 장혁은 검경을 동원해 압생트 거래를 점검했다. 전국 각지의 압생트 바를 뒤지고 해외 직구를 한 소비자를 추적했다. 류화룡은 압생트 마니아. 1년에 적어도 30병 이상을 마신다는 여비서의 말을 참고한 것이다.

압생트 바의 단골손님이 추려지고 해외 직구 구매자들이 추려졌다. 그 최종 선상에 오른 건 양만수였다. 경북 지방에서 사과 농원을 하는 사람이었다. 사과와 압생트, 왠지 의미심장한 매칭이 아닐 수 없었다.

"저도 갑니다."

장혁의 수사 팀이 경북행을 결정할 때 창하의 요청이 나왔다. 장혁은 쾌재를 불렀다. 그렇잖아도 협조 요청을 하려던 차였다. 창하가 알아서 나서주니 고마울 뿐이었다.

"최근 5년간 매년 40병 이상씩 구매하고 있었습니다."

지방으로 향하는 차 안에서 장혁이 설명을 했다.

"행적은요?"

"지역 경찰서에서 사전조사를 했는데 춘동호 사건이 발생한 지 얼마 되지 않아 과수원을 매입하고 정착했다고 합니다. 과수원 자체가 마을에서 떨어진 곳이라 지역 주민들과의 교류는 없는 편이랍니다."

"……"

"매입 시점이 미묘하게 촉을 잡아끌던데 어떻습니까?"

"사진 같은 것은요?"

"주민등록과 운전면허증에 부착된 것들입니다. 저희 DFC에 분석을 넘겼더니 좋은 소식을 주더군요. 사진이 그리 좋은 편은 아니지만 두개골 중첩법을 적용하니 현재 국과수에 있는 시신과 유사하지만 일치하지는 않는답니다."

장혁이 사진 카피를 꺼내놓았다. 창하 시선도 밝아졌다. 국과수 시신과 일치하지 않는다면 진짜 류화룡일 가능성이 컸다.

휴게소를 떠난 차는 이윽고 사과 농원 진입구에 멈췄다. 함께 온 차량 두 대는 산개를 했다. 혹시 모를 도주로를 차단하기 위함이었다.

"가실까요?"

장혁이 농원을 가리켰다. 창하는 선글라스 차림이었다. 혹시라도 양만수가 류화룡이라면 창하를 알아볼까 대비하는 것이다.

컹컹.

농원에 들어서자 진돗개 두 마리가 경중거리며 위협을 해왔다. 그나마 목줄이 있어 다행이었다. 마당 끝에 소각 드럼통이 보였다. 그 옆에 해외 직구 택배 박스가 몇 개 보였다. 모두 압생트 포장 박스였다.

"누구요?"

안에서 사람이 나왔다. 샤워를 하고 있었던지 젖은 머리에 아랫도리만 낡은 타월로 가린 모습이었다.

"여기 양만수 씨라고 계시죠?"

"누구십니까?"

"양만수씹니까?"

"그렇습니다만."

남자가 대답했다. 순간 장혁의 미간이 격하게 구겨졌다. 사진 분석에서는 시신과 유사성이 많았던 양만수. 그러나 이 앞의 남자는 많이 달라 보이는 얼굴이었다.

"누구요?"

그가 다시 캐물었다.

"아, 면사무소 직원입니다. 지난번 태풍 피해 신고가 없어서요."

장혁이 둘러댔다. 그만한 대비는 하고 온 것이다.

"사과가 좀 떨어졌는데 견딜 만합니다. 일없으니 가보세요."

남자가 돌아서자 장혁이 창하를 바라보았다. 장하의 판단이 필요한 시점이었다.

"류화룡."

창하는 주저 없이 돌직구를 날려 버렸다. 장혁은 신경을 곤두세운다. 그가 보기에는 다른 사람 같은데 창하는 직신으로 돌진하는 것이다. 잠시 주춤하던 남자는 태연한 척 현관에 닿았다.

"귀한 사과 떨어뜨리면 안 되지. 영감의 술 압생트 맛인데."

압생트.

그 단어가 남자의 걸음을 세웠다.

"얼굴 곳곳에 필러 잔뜩 채워서 각을 만들고 귀도 깎아낸 모양인데 원숭이 똥구멍도 깎아냈는지 모르겠어. 미추 4번 말이야."

"……!"

돌아보던 남자가 얼어붙었다. 어느새 코앞까지 다가온 창하는 이제 선글라스가 없었다. 남자의 전율에 속도가 붙었다. 그는 창하를 알고 있었다.

"아닌가? 류화룡."

쏘아보는 창하 눈빛은 가히 폭발적이었다. 그 눈빛에 사로잡힌 남자의 눈에 마른 지진이 일었다. 완벽한 그의 도피 생활에 종지부를 알리는 신호였다.

*　　　　*　　　　*

"당신……?"

창하 앞의 남자 눈빛은 거친 격랑처럼 요동치고 있었다. 눈동자가 요란하게 돌아가지만 퇴로는 없었다. 코앞에는 창하, 그 뒤로는 장혁, 나아가 사과밭으로 이어지는 통로에도 하 수사관 일행이 포진한 것이다.

"나 국과수 이창하야."

창하가 신분증을 꺼내보였다. 거대한 산처럼 폭발하는 카리스마였다. 남자의 시선이 한 번 더 붕괴되는 게 보였다.

"멋진 페이크였어. 대신 죽은 양만수… 당신과 거의 복사본이더군. 심지어는 치아와 혈액형까지도……."

"……."

"그런데 말이야, 기왕 그렇게 신경 써서 대역을 내세울 거라면 압생트도 좀 먹였어야지."

"압생트……."

"그래. 압생트. 녹색 사과 맛을 내는 영감의 술. 엄청난 애호가라니 그 술의 주성분 정도는 알겠지? 향쑥에서 추출한 아르테미시아 압신티움. 산토닌과 투존 역시 알고 있을 테고?"

"……."

"그 멋진 대역에서 그 물질이 나오지 않았어. 이상하지 않나? 당신은 날마다 그 잘난 영감을 위해 우아하고 고상한 제법으로 압생트를 즐겼는데 몸에 그 성분이 없다니?"

"……."

"거기에 당신의 꼬리뼈……."

"그건 또 어떻게?"

남자가 또 한 번 질망한다.

"어떻게 알았냐고? 귀신도 모르는 사실을?"

창하가 미소를 머금었다. 귀신도 모르는 건 사실이었다. 그건 살을 섞은 류화룡의 여비서도 모르고 있었다. 성인이 된 후로 누구에게도 말하지 않은 것이다.

"성인은 그냥 되나? 성인이 되려면 어린 시절을 거쳐야지."

—고아원.

창하가 힌트를 주었다. 남자의 절망은 끝 간 데 없이 허물어지고 있었다.

"원숭이 똥구멍. 당신 미추는 보통 사람보다 2배 가까이 큰 기형이지. 증거는 어디서 구했을까? 궁금하지 않아?"

"⋯⋯."

"첫 부검 때 우리 국과수 부검 팀은 완벽했어. 하지만 그때의 대조는⋯ 현대 의학을 배척하는 당신이 남긴 유일한 치과 치료 기록 하나와 군 신검 당시의 흉부 엑스레이였지. 치과 기록은 죽은 자의 것이었으니 인증에 최고였고, 흉부 사진으로는 미추를 볼 수 없지. 당신 운은 그때까지만 해도 최고였어."

"⋯⋯."

"하지만 이제 그 운이 다한 거야. 기적적으로 당신이 어린 시절 찍은 전신 엑스레이가 나왔거든. 당신이 해외 입양 절차를 밟을 때 받은 건강검진 말이야."

"⋯⋯!"

"뼈 기형은 평생을 가지. 보아하니 얼굴에는 필러 좀 때려

넣고 귀도 교정한 것 같은데 장담하건대 미추는 깎아내지 않았을 걸? 그건 어차피 당신 외에는 아무도 모르는 비밀이니까."

"……."

"그러나 그렇지 않아. 하늘 아래 비밀 따위는 없는 법이고… 시신 역시 자신의 몸에 새겨진 것들을 아낌없이 보여주거든. 당신 대신 부검대에 두 번 오른 양만수는 두 가지를 숨길 수 없었어. 꼬리뼈와 압생트의 성분."

"……."

"양만수, 당신이 죽인 거지?"

"……."

"아무튼 대단해. 그렇게 비슷한 사람을 찾아내다니. 자칫하면 귀신도 모른 채 역사의 오점으로 남을 뻔했잖아?"

"……."

"이 검사님."

와들거리는 남자에게서 시선을 거두었다. 그런 다음 장혁에게 자리를 내주었다. 더는 할 말도 없었다.

"류화룡, 다른 할 말이 있거들랑 검찰에 가서 하자고."

"……."

"하 수사관."

장혁이 눈짓하자 하 수사관이 수갑을 꺼내 들었다. 다른 날보다 유난히 반짝이는 은빛이었다.

"잠깐!"

그제야 류화룡이 굳은 입을 열었다.

"뭐야?"

장혁이 물었다.

"이창하 검시관 말대로야. 내 운이 다한 모양이군."

"그래서?"

"이제 가면 다시는 바깥 공기 쐬지 못하겠지. 그러니 마지막으로 술이나 한잔 마시게 해주시오."

"술?"

"내 영감의 술 압생트. 이제 보니 당신들에게 영감을 준 모양이군."

그가 헛웃음을 웃는다.

"소장님."

장혁이 창하를 돌아보았다. 창하가 현관문을 열었다. 창가 테이블 위에 신문과 압생트가 보였다. 신문에는 이번 사건의 기사가 나 있었다. 완벽하게 도피 중이지만 여전히 신경이 쓰였던 모양이었다. 압생트는 새 병이었다. 은수저와 잔, 각설탕까지 준비된 것을 보니 샤워 후에 한 잔 땡길 계획 같았다.

"허락하시죠."

창하가 답했다. 압생트 덕분에 해결한 부검이기 때문이었다.

거실로 들어간 류화룡이 옷을 입었다.

찰칵!

그때 드러난 그의 미추가 창하 카메라 속으로 들어왔다. 마무리 확인까지도 잊지 않는 창하였다.

테이블에 앉은 류화룡이 숟가락을 잡았다. 그 위에 각설탕이 올라간다. 설탕에 불을 들이댄다. 뜨거운 불에 녹아내린 설탕물이 압생트 잔에 떨어졌다. 잔 속에 혼탁한 연기가 몽환의 회오리처럼 피어오른다. 류화룡이 그 잔을 잡았다. 한참을 바라보더니 체념의 표정으로 원샷을 했다.

하아.

긴 한숨 끝에 손을 내민다.

철컥!

그 손에 수갑이 채워졌다.

「선주 류화룡은 살아 있다.」
「시신은 가짜다.」

춘동호 침몰 이후 8여 년 동안 떠돌던 루머들. 그 루머가 팩트가 되는 순간이었다. 현장에 남은 압생트는 증거물로 압수가 되었다. 농장에서 나온 압생트는 모두 여섯 병이었다.

「춘동호 선주 류화룡 전격 체포」
「국과수, 신에 필적하는 정밀 재부검으로 류화룡의 덜미를 잡다」

「재부검의 백미는 미추뼈와 압생트 성분」
「희대의 도피극, 최고 검시관의 법과학 앞에 무릎을 꿇다.」
「이창하 검시관, 매의 눈으로 진위를 가려내다.」
「세계 법의학계를 경악 시킨 한국 법의학의 고품격.」

방송과 SNS가 후끈 달아올랐다. 시민들은 꽃으로 창하의 쾌거를 기렸으니 국과수 서울사무소 앞에는 시민들이 보낸 꽃이 산을 이루었다.

「최고다 이창하.」
「너무너무 고맙습니다.」
「당신 덕분에 어린 영혼들이 쉴 수 있게 되었습니다.」
「응, 이창하가 레알 갑.」
「포퓰리즘 헛지랄 때려치우고 국과수 검시관 대우나 대폭 상향하라.」

응원도 줄을 이었다.

창하는 그 영광에 취하지 않았다. 나라가 끓어오르는 동안 창하는 검찰청 조사실에 있었다. 장혁의 요청이었다. 류화룡이 겁을 먹는 건 창하였지 검찰이 아닌 것이다.

창하는 테이블 앞에 자리를 잡았다. 조사에 직접 관여는 하지 않았다. 류화룡의 입장에서는 창하가 거기 있다는 것만으로도 부담 백배였다. MRI나 CT처럼 자신의 모든 것을 뚫어보는 것만 같은 것이다.

"제가 죽였습니다."

가짜 류화룡의 시신에 대해 자백이 나오기 시작했다.

대역으로 쓴 양만수는 해외에서 만났다. 시대가 원하는 자원봉사와 기부 기록을 만들기 위해 캄보디아의 오지 학교를 지원하던 자리였다.

"사장님과 비슷한 사람이 있어요."

어느 날, 캄보디아 통역이 말했다. 캄보디아에서 인근 도서관들에 책을 지원하는 양만수였다. 학교로 통하는 배에서 만났는데 정말 비슷해 보였다. 몇 마디 얘기를 하다보디 공통점이 더 많이 드러났다. 심지어는 혈액형까지 똑같은 게 아닌가?

그것도 인연이라 한국에서 다시 만났다. 당시 양만수는 한국에 연고가 없었고 이따금 한국 책을 구입하기 위해 입국하고 있었다.

어느 날 돼지불고기 백반으로 점심 식사를 할 때였다.

"아!"

그가 고통스러운 표정을 지었다.

"오돌 뼈를 잘못 씹었나 봅니다."

저작이 어긋나면서 이빨이 흔들렸다. 연중 해외에 눌러 살다 보니 의료보험이 없었다. 나이에 키도 비슷하니 류화룡의 의료보험을 빌려주었다. 현대 의학을 불신해 민속 의학이나 한의학에 의존하던 류화룡이었으니 치과 이용조차도 이때가 처음이었다. 치아 엑스레이 기록이 일치하게 된 이유였다.

그러다 춘동호 사건 직후에 입국한 양만수를 보고 범행을 계획하게 되었다. 캄보디아에서 혼자 작은 대리점을 하는 양만수. 가족이 없으니 죽인다고 해도 문제가 되지 않을 것으로 판단한 것이다.

"자수하시는 게?"

류화룡을 좋게 보았던 양만수가 자수를 권했다. 대한민국이 떠들썩한 사건이다 보니 캄보디아에 사는 그도 관심을 가지고 있었다.

"생각 중입니다. 답답한데 같이 바람이나 좀 쏘이죠?"

류화룡은 양만수를 유인했다. 휴경지의 종자 연구실 안에 밀어 넣고 질식사 시켜 버렸다. 그런 다음 스스로 쓴 유서에 평소에 입던 노란 점퍼와 모자에 양말을 신겨 유기했던 것. 나름 치밀한 계산을 한 류화룡이었다. 그러나 경찰은 그 사체를 200여 일 동안 찾아내지 못했다. 유기한 그조차 의아했다고 한다.

당시 경찰은 이 연구실에 더불어 주변 수사를 함께 진행했었다. 그러나 류화룡의 존재 여부만 체크하는 바람에 놓쳐 버린 사건이었다.

"성형은?"

장혁은 다음 의문으로 넘어갔다. 성형을 했음에도 병원기록이 나오지 않은 것이다.

"야매로 하는 간호사를 불러서……."

"야매 간호사? 누구?"

"……."

"또 죽였군?"

류화룡의 반응에서 촉을 감지한 장혁이 질러 나갔다.

"……."

류화룡이 고개를 떨군다. 촉의 적중이었다.

"죽였잖아?"

기선을 잡은 장혁이 쉴 새 없이 닦아세운다.

"예."

창하를 돌아본 그가 새로운 자백을 내놓았다.

"시신은?"

"농원 유기농 퇴비장에……."

"하 수사관, 내려가서 확인해."

장혁의 지시가 떨어졌다.

사과 농원으로 내려간 하 수사관 일행은 퇴비장 바닥을 헤쳐 시신을 찾아냈다. 역시 완전하게 부패한 간호사는 성형외과에서 실장으로 근무하다 집행유예를 먹고 쉬고 있던 사람이었다. 원장 대신 불법시술에 수술까지 하다가 걸려 남편에게 이혼당하고 혼자 살던 간호사. 류화룡의 마수에 걸려 목숨을 잃은 것이다.

"검사님, 시신 나왔습니다."

하 수사관은 바로 보고를 올렸다. 류화룡의 가짜 시신과 드라마틱한 도피의 전모가 드러나는 순간이었다.

좌아악!

물이 뿌려졌다. 광배가 뿌리고 원빈이 닦는다. 시신 목욕이다. 1차 외표 검사가 끝나자 세척에 들어간 것이다. 퇴비장 바닥에서 나온 간호사 시신이었다. 그 또한 거의 백골이었다. 벌레와 구더기들이 기어 나왔다. 샘플용으로 채집이 끝났건만 끊임이 없었다.

"농기구로 뒤통수를 깠어요."

류화룡의 자백은 사실이었다. 세척이 끝난 백골의 두개골에 손상이 뚜렷했다. 선상골절에 더해 함몰골절까지 보였다. 주요한 손상은 두 개였으니 최소한 두 번 이상 가격했다는 뜻이었다. 하지만 그 타격은 한 번으로 충분했다. 둘 다 뇌출혈을 유발하고도 남을 충격이었던 것.

찰칵!

원빈이 자를 대주자 카메라가 작동했다.

두개골 뚜껑을 여니 내부에 말라붙은 혈흔이 드러났다.

찰칵!

카메라가 놓치지 않았다.

"부검 종료합니다."

방으로 돌아온 창하는 부검 관련 자료를 취합했다. 원빈과 광배가 일사불란하게 움직였다. 이제 온 나라를 떠들썩하게 만들었던 류화룡 도피 행각 사건의 전모를 발표할 순간이었다. 원래 이런 중량급 발표는 경찰 고위직이나 검찰이 맡는다. 그들이 수사의 주체이기 때문이었다.

하지만 이 사건만은 국과수에 맡겨졌다. 시신의 진위 여부 판별부터 류화룡의 검거까지 국과수의 부검이 중심을 이룬 까닭이었다.

덕분에 국과수 서울사무소는 기자들로 대만원을 이루었다. 내외신 기자를 합쳐 수백 명은 몰려온 것 같았다.

"소장님."

정리가 끝나갈 때 채린이 들어왔다.

"기자회견 준비 되었습니다."

"아, 그래요?"

"저희가 도울 일은요?"

"회견장에 참석하실 거죠?"

"뭐 소장님 활약에 묻어가는 거 같아서 내키지는 않는데 소장님이 원하시니……."

"그런 말 마세요. 저야말로 검경의 수사 위에서 얻은 성과니까요."

"일단 나가시죠. 부검에 참가했던 법의학 전문가들도 다 도착해 있습니다."

"검찰이나 경찰 입장에서 하실 말씀은?"

"절대 없습니다. 이제 검찰과 경찰도 소장님 못 건드립니다."

"흐음, 왠지 왕따당하는 기분인데요?"

"이런 왕따는 나쁘지 않잖아요? 저희 청장님과 검찰총장님도 당연한 것으로 받아들이고 있습니다. 이건 온리 국과수의 개가예요."

"정확히 말하면 법의학의 개가죠."

"디테일로 가는 거라면 이창하 소장님의 개가라고 말하고 싶은데요?"

"아이고, 끝이 없겠네요. 가시죠."

창하가 문을 가리켰다.

"이창하 소장이다."

창하가 복도에 등장하자 회견장 앞의 기자들이 소리쳤다. 일부는 창하 쪽으로 달려온다. 국과수 직원들과 경찰들이 그들의 접근을 막았다.

펑펑펑!

회견장의 카메라 셔터가 섬광처럼 터졌다. 회견장 안은 그야말로 인산인해였다.

"류화룡 재부검과 관련 피살자 부검의 공식 결과를 발표하겠습니다."

그동안 애써준 법치의학자, 검시관들과 함께 어깨를 겨루고 서서 발표를 했다. 모두가 숨을 죽였다. 미추뼈와 생활 습관에서 잡아낸 압생트의 성분 추적 과정에서는 감탄이 봇물처럼 터져 나왔다. 한편으로 류화룡의 철두철미한 범죄 행각에는 치를 떠는 기자들이었다.

"이것으로 재부검 결과의 공식 발표를 마치겠습니다. 부검의 원활한 수행을 위해 밤낮으로 애써주신 검찰과 경찰, 그리고 관계 기관 여러분, 협력해 주신 법의학 전문가들과 국과수 직원들의 노고에 심심한 감사를 표하며 춘동호에서 희생된 어린 영혼들의 명복을 다시 한번 빕니다. 이제라도 편안히 눈을 감고 영면에 들기를……"

창하가 장식한 대미였다.

"질문 있습니다."

기자들의 질문이 쏟아졌다.

"국민들은 이번 재부검의 성과에 고무되어 있습니다. 이 건 외에 다른 의문사들에 대해서도 재부검 계획이 있으신지요?"

"류화룡의 시신이 가짜라는 걸 알게 된 순간의 기분을 좀 말해주세요."

"해외 의문사 재조사 초빙도 쇄도하고 있다던데 사실입니까?"

질문 공세를 뒤로하고 회견장을 나왔다. 부검은 팩트만 전한다. 팩트를 전했으니 퇴장하는 것이다.

"소장님."

복도의 채린이 손을 내밀었다. 그녀의 손을 잡았다.

"최고였습니다."

장혁도 손을 내민다. 그 손 역시 힘차게 잡아주었다. 법의학을 존중해 준 두 사람이 아니었다면, 과거의 다른 사건처럼 법의학을 수사의 한 도구로 대우했다면 해결하기 어려웠을 사건이었다. 60세가 넘은 사람의 일생 전체를 수사 대상으로 삼는다는 건 쉬운 일이 아니었다.

디롱다롱!

뿌듯한 인사를 나눌 때 핸드폰이 울렸다. 대한민국 최고의 VIP였다. 그의 목소리가 쿨하게 귓전으로 흘러들었다.

"국민들의 속을 후련하게 해주셨군요. 정말 수고가 많았습니다."

제9장
—
대통령의 공약

"대통령님 입장하십니다."

국과수 교육실에 방송이 흘러나왔다. 법과학 일일 연수생 100여 명이 자리에서 일어섰다. 연수생들은 의과대학 학생들과 병리 전공의들이었다. 복도는 이미 기자들로 초만원이었다. 그들은 양편으로 나눠 서서 카메라를 눌러댔다.

"국회의장님과 대법원장님도 오십니다."

방송은 계속 이어졌다.

"여야의 총재님들도 입장하십니다."

짝짝!

부검복으로 갈아입은 교육생들이 박수를 쳤다. 대통령과

VIP들이 손을 들어 화답했다. 옆에는 역시 부검복 차림의 창하와 본원 원장이 보였다. 대통령과 VIP들은 뜻밖에도 맨 뒷좌석에 앉았다. 교육생들은 의아했지만 창하는 개의치 않았다. 그건 대통령의 뜻이었다.

—절대 방해가 되고 싶지 않습니다.

그는 삼부 요인과 오찬을 마치고 국과수로 왔다. 대법원장과 국회의장에게 자신의 뜻을 전했다. 음지의 부검의들. 그러나 국격을 높이는 일에서부터 국민적 의혹까지 일소해 주니 국정의 관심을 주지 않을 수 없었다. 취임 초부터 국과수의 업무에 관심이 많던 대통령이었으니 호기를 놓치지 않은 것이다.

"그럼……"

VIP들에게 예를 갖춘 창하가 강단으로 향했다. 그 모습 또한 방송 카메라에 일일이 담기고 있었다.

「이창하 검시관 특별 강연」

연단의 플래카드는 단출했다. 창하 역시 관료적 형식 따위를 즐기지 않았다. 그러나 열정과 의욕만은 그 어떤 강단보다 빛났으니 교육생들은 저절로 집중하고 있었다.

"오늘의 주제는 인간의 노화입니다."

창하가 모니터를 누르자 대형 화면에 불이 들어왔다. 그림은 단백질의 구조였다.

"아시다시피 병리학은 의학의 꽃이자 의사의 의사입니다. 모든 분야의 시작이자 끝이죠. 그 병리학을 바탕으로 전개되는 것이 바로 법의학입니다."

"캬아!"

강단 뒤편에 선 광배가 감탄을 토했다.

"실장님, 소리가 너무 크잖아요?"

"그래? 나도 몰래 그만… 시작부터 죽이시잖아?"

"더 보시게요?"

원빈의 눈은 시계에 있었다.

"가야겠지?"

"당연하죠. 역사적인 부검 준비인데."

"그러자고. 박 주사에게 풀 녹화 부탁했으니까 나중에 보자고."

광배가 돌아섰다. 원빈과 따로 할 일이 있었다. 그래도 광배의 미련은 한 번 더 강단에 머물렀다. 창하의 강연은 한강이 흐르듯 웅장하게 이어졌다.

"이제 법의학은 단백질 자체에도 관심을 가서아 히는 시기가 되었습니다. 바로 시신의 연령 감별과 장기의 질병 추적 때문이죠."

"······."

교육장 안은 숨소리도 들리지 않는다. 대통령까지 참석해 있으니 더욱 그랬다.

"먼저, 나눠준 자료를 보십시오."

창하가 교육생들을 바라보았다. 그들의 종이 넘기는 소리가 침묵을 밀어냈다.

"이 논문에는 구차한 사족이 들어 있지 않습니다. 오래전부터 알려져 왔던 대로, 여러 사례를 보면, 통계학적 분석에 따르면, 탐구할 만한 가치가 있는 등의 관용적 표현들 말입니다. 여러분은 이 말의 숨은 뜻을 알고 계시겠죠?"

"아하핫!"

여기저기서 폭소가 터져 나왔다. 대통령과 VIP들이 고개를 갸웃거리자 수행하던 본원 원장이 설명을 보태놓았다.

"'오래전부터 알려져 왔던 대로'는 출처를 찾아보지 않았다는 말이고, '여러 사례를 보면'은 고작 두 개 정도의 사례를 참고했다는 뜻, '통계학적 분석에 따르면'은 소문에 의하면, 마지막으로, '탐구할 만한 가치가 있는'은 학회나 정부에서 정해준 쓸잘 데 없는 연구 주제라는 뜻으로 많이 쓰이는 용어들입니다. 일반인이 모르게 그럴 듯하게 포장된 말이죠."

"허헛!"

그제야 VIP들도 때늦은 웃음으로 장단을 맞췄다.

"오늘 제가 첨단 법의학으로 혈장 단백질을 들고 나온 것은 이 연구가 인간의 일생에서 세 번, 결정적인 노화가 온다는 단서를 제시하고 있기 때문입니다. 34세, 60세, 78세가 그것인데 그 근거로 370여 개의 단백질 분석을 바탕으로 삼고 있습니다. 주목할 것은 60세인데, 우리가 관례적으로 나이 60을 노인으로 판단하던 것과도 일치한다는 점입니다."

"……."

"법의학의 관점에서 볼 때 이 세 단계의 단백질 변화는 사망자의 나이 추정에 도움을 주는 것은 물론 나아가 특정 장기의 문제까지 고찰할 수 있어 더욱 가치가 높습니다."

"……."

"연구에 의하면 노화된 단백질의 근원이 신장이라면 신장에 문제가 있다는 것을 암시하고 폐라면 폐의 이상을 암시한다고 합니다. 따라서 이 검사법 하나로 사망자의 나이에 더불어 특정 장기의 이상 유무를 유추할 수 있으니 법의학 필드에서도 마땅히 수용하고 발전시켜 갈 계획입니다."

"……."

"아울러 이 단백질의 특성은……."

창하의 강연은 계속되었다. 모두가 집중, 또 집중이다. 강의는 더없이 시원하다. 부검을 하듯, 군더더기가 일체 없는 것이다.

짝짝짝!

강연이 끝나자 박수는 우레가 되었다. 교육생들은 혀를 내둘렀다. 창하가 언급한 것은 스탠퍼드 대학에서 최근에 나온 연구였다. 아직 초특급 병원에도 도입되지 않은 연구를 법의학으로 끌어들이는 기동력에 감탄하는 것이다.

—법의학이 이렇게나?

그들은 내심 아찔했다.
"이제 부검실로 이동하겠습니다. 모두 숙연한 마음으로 자리를 옮겨주시기 바랍니다."
방송 멘트가 나오자 교육생들이 차분하게 일어섰다.
"모시겠습니다."
창하가 내려와 대통령과 VIP들을 인솔했다. 기자들이 따라붙었다. 무려 대통령과 삼부 요인들이 참관하는 부검이었다. 대한민국 부검의 역사를 바꾸는 순간인 것이다.
이 언질은 류화룡 사건 해결 직후에 나왔다.
"부검을 참관하겠습니다."
그 이튿날 국과수를 방문한 대통령의 뜻이었다.
"대통령님."
옆에 있던 수행 비서관들이 소스라쳤으니 그들조차도 모르던 일이었다.
"이 소장님께 큰 빚을 졌어요. 음지에서 일하는 부검의들에게 실질적인 도움을 주려면 대통령인 내가 관심을 가지고 있다는 걸 알려야 할 것 아닙니까? 그건 말이 아니라 행동이라고 생각합니다."

대통령은 완고했다.

그렇게 잡힌 스케줄이었다. 대통령은 한술 더 떠서 삼부 요인들까지 달고 왔다. 본원조차 꿈꾸지 못하던 일대 사건이었으니 확실하게 밀어주려는 의중을 알 만했다.

"소장님 오십니다."

박대열이 부검실 안을 향해 소리쳤다.

"오케이."

광배가 답했다.

"좀 떨리는데?"

관록의 사나이 광배가 부검복을 여미었다.

"아까는 저보고 떨지 말라더니……."

원빈도 부검복을 여민다. 대통령이 참관하는 부검이다. 관록조차 긴장시키는 무게감이 거기 있었다. 하지만 둘의 긴장은 바로 제자리를 찾았다. 창하가 들어선 것이다. 그는 부검실의 지배자. 그와 함께 가는 길이라면 겁날 게 없는 두 사람이었다.

대통령과 VIP들이 입장을 했다. 부검실 안에서 신분의 우대 따위는 없었다. 교육생들과 똑같은 부검복을 입고 똑같은 줄에 섰다. 카메라는 부검실 안까지 따라와 대통령의 일거수

일투족을 찍었다.

"이제 곧 시신이 들어올 겁니다. 숭고한 마음으로 한 사람의 환자를 맞는다고 생각해 주시기 바랍니다. 지금 여러분의 가슴에는 환자 치료와 완치에 대한 열망이 가득할 겁니다. 아픈 환자를 낫게 하는 명의는 모든 의사들의 꿈이죠. 하지만 죽은 사람의 사망 원인을 밝혀주는 것도 그 명의의 역할 못지않게 보람찬 일입니다. 오늘 여러분 중의 누군가가 그걸 공감해 이 다음에 이 부검대 위에서 저와 같은 길을 걸어주시면 영광으로 생각하겠습니다. 부검 시작합니다."

창하의 선언이 끝나자 딸깍, 원빈이 불을 내렸다.

"……!"

잠시 칼날 같은 침묵이 부검실 안에 퍼져 나갔다. 그사이에 광배가 시신을 덮었던 비닐을 개방해 놓았다.

딸깍!

다시 불이 들어왔다.

"웃!"

"어엇!"

"……!"

어기저기서 신음이 새어 나왔다. 부검대 위의 시신은 거의 백골이었다.

"이 시신은 바다가 인접한 갈대밭에서 발견이 되었습니다. 생태계 교란종인 뉴트리아와 황소개구리를 잡던 포상금 전문

낚시꾼이 목격자였고 시신 근처의 갈대가 완전하고 신발이 없는 것으로 보아 누군가 갈대가 피기 전에 유기한 것으로 판단하고 있습니다."

설명은 관할 경찰서의 형사과장이 맡았다.

그 설명은 타당했다. 만약 갈대가 자란 후에 유기 되었다면 눌린 자국이 있어야 했다. 나아가 본인이 어떤 이유로 갈대 수로에 들어왔다가 사고가 난 거라면 신발도 나와야 했다.

"보시다시피 거의 백골만 남은 시신입니다. 타살의 가능성은 굉장히 높습니다."

형사과장이 물러서자 창하가 부검대 앞으로 나섰다.

"아시겠지만 시신의 각 부분은 고유한 정보를 간직하고 있습니다. 머리부터 시작하자면, 모발은 마약, 모근은 DNA, 뇌는 독극물과 충격 등의 정보를 제공하지요. 나아가 치아는 신원 파악과 나이 감별의 지표가 되고 목은 질식사 등의 정보를 얻을 수 있습니다."

"……."

"피부 역시 상처와 손상으로 폭행과 타격 유무를 알려주며 뼈는 폭행, DNA, 독극물의 분석을 가능하게 합니다. 특히 손톱 밑처럼 작은 틈새도 폭행이나 목 졸림, 강제 익사에 있어 흔적을 남길 수 있고 혈액과 음부는……."

창하의 설명은 간결하면서도 유용했다. 치료와 마찬가지로 인체의 모든 기관이 사인(死因)의 사인(Sign)이 될 수 있기 때문이었다.

"보시다시피 이 시신은 거의 백골뿐입니다. 법의학은 이 백골만으로도 신원을 밝히거나 사인을 찾아낼 수 있습니다. 일단 이 시신은……."

백골을 외표를 체크하던 창하가 뒷말을 이었다.

"경찰의 판단과는 달리 부패 정도로 보아 시신은 유기된 지 1년이 지났습니다. 그러니까 이번 갈대가 피기 전이 아니라 작년 갈대가 피기 전에 버려진 것입니다."

창하의 설명이 이어진다. 경찰은 상황증거를 들었지만 창하는 수로의 위치와 물의 흐름, 수온과 갈대숲의 공기 상태를 종합했다. 인근에 지하수가 있어 차가운 물이 나왔던 것. 덕분에 부패가 느리게 진행된 것이다.

"허벅지뼈와 정강이뼈의 길이로 계산한 신장은 160㎝ 정도이고 나이는 치아와 뼈를 종합해 볼 때 22~23세로 보입니다. 나아가 두개골의 요철 굴곡이 완만하고 얇은 데다 젖꼭지뼈가 크고 아래턱이 각진 것에 더해 고관절까지 튼튼하고 넓으니 여성으로 판명됩니다."

창하가 가리킨 건 엉덩뼈였다. 남자의 앉음뼈는 여자에 비해 이음새에 각이 진다. 나아가 옆면이 거친데 비해 시신의 뼈는 둥글고 부드러운 것이다.

"으음……."

대통령이 고개를 끄덕거렸다. 다른 VIP들도 부검 분위기에 완전히 압도된 표정이었다.

그러나 창하의 긴장은 허투루 풀어지지 않았다. 가장 중요한 신원이 나오지 않았다. 함께 발견된 건 상의였다. 분석은 이미 끝났으니 해외에서 생산된 '브랜드' 제품. 지난해에 생산되어 한국에 공수된 것만 20만 벌이 넘었으니 큰 도움이 되지 않았다.

사인도 나오지 않았다. 뼈와 장기 사이에 낀 지방과 혈흔 찌꺼기를 분석한 결과 독극물은 아니었다. 두개골이 멀쩡하고 골격들이 무사하니 타격이나 교통사고 쪽도 아니었다.

'질식 내지는 돌연사.'

마지막으로 남은 가능성은 두 가지다. 그러나 시신이 유기된 장소로 보아 후자 역시 논외가 되었다.

촤앗!

전체 검사를 끝낸 창하가 백골 세척에 들어갔다. 방치된 동안 물때와 기름때가 끼어 식별하기 곤란한 곳이 많았다.

"얼굴 안면을 주의해서 닦아주세요."

창하의 옵션이 추가되었다. 원빈은 그 말뜻을 알았다. 창하의 촉이 백골의 얼굴에 꽂힌 것이다.

"성형수술 흔적입니다."

세척이 끝나고 2차 체크에 돌입한 창하, 돋보기를 들이대며 전방위적인 체크를 한 끝에 결국 단서를 잡아내고 말았다. 물때가 벗겨진 광대뼈에서 일정한 부위와 두께로 절단된 흔적을 찾아낸 것이다.

광대뼈 수술.

성형 중에서도 대수술에 속한다. 그것은 곧 신원 파악의 한 줄기를 잡았다는 뜻이었다.

"광대뼈 축소 수술을 했군요."

창하가 광대뼈를 가리켰다.

"광대뼈가 머리 안쪽으로 기울었죠? 절단한 흔적입니다."

확대경을 대고 설명하니 모두가 알 것 같았다. 오랜 시간 방치되면서 바람과 물의 마찰에 의해 표시가 나지 않는 수술 흔적. 그러나 창하의 눈만은 피할 수 없었다.

창하는 여기서 멈추지 않았다. 본래의 두개골 형태를 감안해 어느 정도 절단했는지까지 계산해냈다.

[160cm의 신장에 24—25세]

[양쪽 광대뼈 축소 수술]

이것만으로도 엄청난 성과가 되었다. 성형 왕국으로 불리는 대한민국이지만 이런 고난이도 수술은 작은 성형외과에서 할 수 없기 때문이었다.

대통령과 삼부 요인이 참관한 부검이었다. 검찰과 경찰은 미친 듯이 뛸 수밖에 없었다. 사실 일반적인 사건이라면 개인 정보라는 벽에 부딪칠 수 있었다. 그러나 살인사건에 백골로 나온 시신. 광대뼈 부분의 성형에 대해 디테일하게 분석된 경우다 보니 성형외과 의사들의 협조가 나왔다. 성형도 의사마다 특유한 기법이 있는 것이다.

[김소라, 23세, 경기도 국립대학 4학년 재학 중 실종]

부검 마감 직전에 신원이 나오자 모두가 환호성을 질렀다. 그야말로 마법의 한 장면이 아닐 수 없었다. 나중에 안 일이지만 이 사건의 범인은 유명 유튜버였다. 길거리 방송에서 만난 여대생. 거액의 성형비까지 지원하며 사귀었지만 유튜버의 바람기가 너무 심했다. 여대생이 절교를 선언하자 '본전 생각'이 난 유튜버가 목을 졸라 살해하고 유기했던 것이다.

"여러분!"

복도로 나온 대통령이 즉석 기자회견을 가졌다.

"오늘 우리는 열악한 현장에서 분투하는 검시관들의 분투를 지켜보았습니다. 처참한 백골을 부검하는 그들의 모습은 정말이지 숭고한 구도자들 그 자체였습니다."

대통령이 창하를 돌아보았다. 창하 옆으로는 국과수 검시관들과 어시스트들이 도열해 있었다.

"대통령으로서 때늦은 관심을 보이게 된 점을 송구하게 생각하며 이 자리에서 한 가지 약속을 드릴까 합니다."

"……"

대통령을 주목하는 검시관들의 표정이 사뭇 비장해진다. 원빈과 광배도 마찬가지였다.

"제 임기 이전에 국과수 검시관들과 관련자들의 대우를 의사들의 현실에 맞게 대폭 상향시켜 드릴 것을 엄중히 약속합니다."

"와아아!"

검시관들과 어시스트들이 환호성을 질렀다. 길관민과 나도 환 등은 창하를 바라보며 주먹을 쥐어 보인다. 창하의 분투가 빚어낸 쾌거였다.

　

—의학은 산 자를 구하고 법의학은 죽은 자를 구한다.

—우리는 오로지 과학적인 진실만을 추구한다.

　

창하 머리에 두 문장이 들어왔다.

국과수가 추구하는 기본 정신이 꽃으로 만개하는 순간이었다.

에필로그

—

히틀러를 부검하라

"늦는데?"

수제비 집 내실에서 장혁이 시계를 보았다.

"그러네? 공항에 확인해 볼까?"

채린이 답했다. 내실 안에는 두 사람뿐이었다.

"우리가 일찍 온 거지 러시아가 옆 동네는 아니잖아?"

"맞아. 블라디보스토크를 빼면."

"성공했을까? 러시아는 비밀이 많은 나라라서 그런지 언론을 뒤져도 이 원장님 관련 보도가 나오지 않더라고?"

"물어보나마나 성공이지."

"그런데 우린 왜 보자는 거야? 결혼하려는 거 눈치챘나?"

"선배도 내용을 몰라?"

"응, 꼭 차 총경이랑 꼭 좀 나와달라고만……."

"선배가 우리 결혼한다고 말한 건 아니고?"

채린이 고개를 갸웃하며 물었다.

"아니, 아직."

"나돈데?"

"그럼 뭐지?"

장혁의 고개도 채린처럼 기울어졌다.

두 사람은 이제 결혼을 앞두고 있었다. 수사 협조를 하면서 싹튼 애정을 결승점(?)까지 끌고 온 것이다. 그 계기는 창하와 레일라의 결혼 발표에 있었다. 창하에게 기울었던 채린. 창하가 품절남이 되자 장혁의 프러포즈를 받아들인 것이다.

그 시각, 창하가 탄 비행기는 인천공항에 내리고 있었다. 동승한 사람은 리암과 레일라, 그리고 니콜이었다. 이번 러시아 부검에서 네 사람은 한 팀이었다.

부검 의뢰를 한 사람은 러시아 황가 후손의 재벌이었다. 노르웨이의 쾌거 이후 창하의 해외 출장은 잦았다. 어떤 왕가는 200년 전의 유골 발굴을 의뢰했고, 또 어떤 왕가의 후손은 선왕들의 사인 분석을 요청했다. 그때마다 창하의 부검이 빛을 발했다. 이제는 방성욱의 부검 능력을 훌쩍 넘어버린 창하. 도무지 거칠 것이 없었다.

그렇게 2년이 흘러갔다.

법과학공사의 개원이 코앞으로 다가오자 창하는 국과수에 사표를 던졌다. 본격 출범 준비에 착수한 것이다. 그러는 동안에도 여러 팀을 이끌고 세기적 유골 발굴과 전사자 발굴, 대형 재난의 현장을 누볐다. 그 와중에 레일라와 결혼도 올렸다. 그녀와 창하는 이제 신혼 세 달 차의 초보 부부였다.

　그에 발맞춰 한국의 법의학 체계도 대폭 손질이 되었다. 법과학공사와 경쟁시키기 위해 국과수의 완전 독립이 실현된 것이다. 동시에 미국이나 유럽의 검시 제도를 도입해 검시관과 법의관에게 검시에 관한 모든 권한을 넘겨주었다.

　이번 의뢰는 약 100년 전에 일어난 사건이었다. 레닌이 이끄는 볼셰비키 혁명 당시, 군 사령관의 불법적인 사형 집행으로 가족을 잃고 구사일생으로 살아난 황가의 후손이 사라진 선조들의 시신 발굴을 요청한 것이다.

　재벌의 조부는 당시 니콜라스 2세 하의 황족이었다. 충성심이 강했으니 볼셰비키 혁명군의 사령관이 황제 일가를 처형할 때 앞장서서 저항을 했다. 교전 끝에 생포된 그는 가족들과 함께 화형을 당한 후에 시베리아의 낡은 폐광에 버려졌다. 폐광의 입구는 다이너마이트로 막아버려 찾을 수도 없었다.

　모스크바에서 먼 이모의 집에 내려가 있던 재벌의 부친은 구사일생으로 목숨을 구했다. 이후 혁명이 끝나고 부를 인군 그가 아들에게 사연을 전했고 아들은 아버지의 유지를 받들어 기업을 키우는 한편, 당시의 폐광을 수소문하다가 마침내 단서를 잡은 것이다. 그 유골을 발굴해 자신의 조부 일가임을 확인해 줄 법의학자는 당연히 창하였다.

창하가 이끄는 팀은 세계 최정상의 드림 팀이었다. 뉴욕에서 인연을 맺은 니콜은 모스크바 현지에서 합류시켰다. 리암과 레일라가 포진된 팀을 본 니콜은 두말없이 창하의 권유에 따랐다. 법과학공사의 스카우트에도 호의적이었다. 그녀의 나래를 펴기에 러시아는 제약이 많은 나라였다.

볼셰비키 당시의 광산 지도를 구한 창하와 팀원들은 100년의 시간을 거슬러 올라갔다. 100년간의 풍화와 토질 등을 분석하고 폭발물의 강도를 더한 것이다. 폭약의 영향에 대한 계산은 니콜의 합류로 어렵지 않았다.

러시아에 도착한 지 나흘째 되던 날 창하 팀은 마침내 폐광에 진입해 두 개의 유골을 수습하는 개가를 올렸다. DNA 검사 결과 재벌의 조부와 조모로 판명이 되었다.

우크라이나에 나가 있던 재벌은 전용기를 타고 날아왔다. 유골함을 받아든 그는 한동안 울먹였다. 사람은 죽을 때가 가까워지면 핏줄이 소중해지는 법. 그도 예외는 아니었다.

"이제야 먼저 간 아버지를 볼 면목이 생겼소."

그는 몇 번이고 감회에 젖었다. 수십 년의 노력을 기울인 그였으니 감격이 남다른 것은 두말할 필요도 없었다.

그 하루 후에 나머지 두 구, 즉 아버지 형제들의 유해도 찾아냈다. 유골 근처에서는 고인들의 소장품도 일부 나왔으니 그 또한 재벌을 뿌듯하게 만들었다. 이 의뢰로 창하가 받은 사례는 40억이었다. 팀원이 네 명이었으니 리암과 니콜에게 10억씩 건네주었다. 그야말로 쾌척이었다.

"계약금으로 알고 받아주세요."

창하의 말이었다. 리암에 이어 니콜 역시 법과학공사의 멤버로서 자부심을 느끼는 순간이었다.

"원장님."

공항을 나오자 원빈과 수아가 손을 흔들었다. 수아도 법과학공사의 창원 멤버로 참가하고 있었다. 그러나 기자들이 먼저였다. 어떻게 알았는지 10여 명의 기자들이 달려들었다. 창하의 일거수일투족은 이제 만인의 관심을 받고 있었다.

"러시아에 간 일은 어떻게 되었습니까?"

기자들이 물었다.

"성공입니다."

"법과학공사의 개원이 코앞인데 다른 계획은 어떻습니까?"

"글쎄요, 여기저기서 굵직한 의문사 등의 의뢰가 오기는 하는데 아직 개원 전이라 자세히 밝힐 수 없습니다."

"이러다 지구의 의문사 전부를 맡는 것은 아닌지요?"

"저희 손길이 필요한 일이라면 무엇이든 맡아볼 생각입니다. 고맙습니다."

간단하게 회견을 마치고 원빈을 불렀다.

"차는요?"

"입구에 있습니다."

"명함은 가져오셨나요?"

"여기……."

원빈이 명함 두 통을 내밀었다.

"레일라, 여기 두 분 박사님들 좀 숙소로 모셔주세요. 나는 잠깐 들를 곳이 있어서요."

창하가 레일라를 돌아보았다.

"걱정 말고 다녀오세요. 허니."

"잘될까요?"

"당연하죠. 당신이 하는 일인데."

레일라가 창하 볼에 키스 마크를 찍었다. 보고 있던 원빈은 살짝 고개를 돌려 예의를 갖췄다.

"타시죠."

앞서 나온 원빈이 차를 가리켰다. 창하는 조수석에 올랐다.

"빨리 가요. 우리 귀빈들, 삐져서 가버리면 곤란하니까."

창하는 안전벨트부터 채웠다.

*　　　　　*　　　　　*

"늦었습니다."

창하가 내실로 들어섰다.

"어서 오십시오."

채린과 장혁이 창하를 맞았다.

"식사는요? 배고프시죠?"

"우리야 뭐… 먼 유럽에서 오신 분도 있는데……."

"허름한 데지만 맛은 최고입니다. 제가 쏠 테니 마음껏 주문하십시오."

"숨이나 좀 돌리세요."

채린이 웃었다.

"그럴까요? 늦은 게 죄송해서……."

그제야 웃옷을 벗는 창하.

"모스크바 일은 어떠셨나요?"

"덕분에 잘 해결했습니다."

"볼셰비키 혁명 당시의 일을 말이죠?"

"알프스 산맥에서 발견된 석기시대의 유골도 분석하는 세상입니다. 거기에 비하면 볼셰비키 혁명은 어제 같은 일이죠."

"원장님 이름이 또 세계만방에 떨쳐지겠군요?"

"실은 그래서 두 분을 뵙자고 한 겁니다."

"우리를요?"

"차 팀장님."

창하의 시선이 채린을 겨누었다.

"예?"

"처음 저한테 했던 말씀 기억하십니까?"

"원장님께 한 말이 하도 많아서요."

"한 15년 쌈박하게 경찰에서 일하고 퇴직할 거라던 거 말입니다. 저한테 탐정 사무소 같은 거 차리면 동업할 생각 있냐고 물으셨죠?"

"그랬죠."

"특진에 이어 지난해에 경찰의 꽃이라 할 수 있는 총경이 되셨습니다. 그런데 아직 15년은 되지 않았군요."

"원장님."

"그 15년을 좀 당겨주실 수 없을까요?"

"……?"

"여기……."

창하가 명함 두 통을 테이블에 올려놓았다.

「한국법과학공사 대범죄과학분석실장 차채린」
「한국법과학공사 법무실장 이장혁」

"원장님?"

"이건?"

채린과 장혁의 눈빛이 동시에 튀었다.

"삼고초려를 해도 모자랄 두 분을 모시는데 늦기까지 해서 죄송합니다. 하지만 이렇게 청하거니와 부디 함께 일할 기회를 주시기 바랍니다."

"원장님……."

채린은 차마 뒷말을 잇지 못했다. 경찰대학을 나온 그녀는 경찰이 주목하는 재원이었다. 동기들 중에서도 초고속 승진을 달리고 있다. 이대로 가면 최초의 여자 서울청장 정도는 문제 없다는 게 경찰 내부의 판단이었다. 그런 차에 나온 스카우트 제의였다.

장혁의 입장도 비슷했다. 장혁도 그간 두 번의 승진으로 부장검사가 되었다. 최근 5년여간의 굵직한 사건은 모두 그의 손을 거쳐 갔으니 그 역시 지검장 정도는 순풍의 돛단배 격으로 올라갈 기세였다.

"그리고 이건……."

창하가 공사의 조직도를 내밀었다. 거기 포진한 인재들의 스펙은 한두 줄이었다. 그러나 그 한두 줄이 모두 세계적이었다. 뉴욕검시센터의 법과학 인재 20여 명이 이동을 했고 영국과 프랑스, 캐나다의 인재들도 각 파트장에 포진을 했다. 거기에 세계 독극물의 일인자 리암이 자리를 잡았고 전쟁 부검의 일인자 니콜의 면모도 보였다. 그야말로 지상 최고의 진용을 갖춘 법과학공사였다.

관련 법안은 국회에서 이미 통과가 되었다. 법과학공사는 자율성까지 보장받았으니 검경이나 지자체의 의뢰가 없이도 부검을 할 수 있게 되었다. 민형사상의 판결에서 국과수 이상의 증거 능력을 인정받을 것은 두말할 나위도 없었다.

급물살을 탄 것은 노르웨이 대첩 이후였다. 세계의 왕가들과 재벌들의 의뢰가 밀려들었다. 그것들을 속 시원하게 해결하자 그들이 한국의 법과학공사에 투자를 한 것이다. 법과학공사의 주식은 정식 상장을 하기도 전에 이미 국내 최고 기업의 시장가 이상으로 평가받고 있었다.

게다가 그 세계적인 재벌들의 의뢰. 법과학공사의 신뢰도까지 한층 높여놓았다. 그 주마가편은 NASA가 밝힌 화성 탐사 자료의 분석에 필요한 구성원들의 발표였다.

"코리아 이창하 법의관."

NASA의 발표는 창하에게 날개를 달아주었다. 화성과 기타 외계에서 찍은 사진과 토질 등의 분석에 인류학자와 고고학자에 이어 법의관 창하를 포함시킨 것이다. 토질과 암반 등에서 유골, 즉 생명체의 흔적을 추적하는 데 일조가 되리라는 판단이었다.

그렇기에 공사는 이제 법과학의 능력뿐 아니라 세계적인 인지도에 재원까지도 탄탄한 체제를 갖추고 출범을 앞두고 있었다.

그 조직표에 빈자리는 딱 두 칸이었다. 채린과 장혁에게 넘겨준 명함의 직위였다.

"원장님······."

채린의 눈동자가 흔들렸다.

"도와주시겠습니까?"

"실은······."

조직표를 보던 채린이 나지막이 뒷말을 이었다.

"원장님과 일할 생각도 많이 했었죠. 그런데 세계적인 분들이 몰려들다 보니 제 실력으로 끼어들면 안 되겠다는 생각을 했어요. 그래서……."

"이 부장님은요?"

"저도 비슷합니다. 현재의 법과학공사 진용과 수준이라면 거물급 국제변호사를 물색하시는 게 저 같은 우물 안 개구리보다 나을 것 같습니다."

"두 분이 저하고 일하기 싫으시군요?"

창하가 빙긋 미소를 지었다.

"아니, 그런 뜻이 아니라……."

"그럼 빈자리에 사인해 주십시오. 세계적으로 보면 두 분보다 더 능력 있는 사람도 있을 수 있겠지만 두 분은 요철처럼 우리 공사에 딱 들어맞는 분들이십니다. 법과학이라는 게 그렇지 않습니까? 지나쳐도 안 되고 모자라도 안 되는……."

"원장님……."

"사인 안 하면 두 분 결혼식에 가서 깽판이라도 놓을 겁니다. 헛소문은 물론이고 AV 합성사진 같은 것도 마구 뿌리면서 말입니다. 우리 기술진이 손대면 국과수의 능력으로도 분석하기 어려운 거 아시죠?"

"……."

"이렇게 부탁드립니다."

창하가 일어섰다. 두 사람을 향해 큰절을 하려 하니 장혁이
창하를 말렸다.

"이러지 마십시오. 사인하겠습니다."

"차 총경님은요?"

"하는 건 문제가 없는데 나중에 능력 없다고 짤릴까 봐 겁
나네요."

"그런 건 걱정 않으셔도 됩니다. 실은 이미 정밀 검증을 마
쳤거든요."

"검증요?"

"가장 가까운 사람들에게 교차확인을 했죠. 밖에서 제가
보는 총경님과 옆에서 보는 모습은 어떤지? 왜, 실력도 없으면
서 정치만 잘해서 실력자처럼 보이는 사람들이 있잖습니까?"

"어머, 그럼 얼마 전에 사표 낸 우리 배 경감과 은 경위?"

"예, 지금 저희 공사 준비단에서 실무를 준비 중이십니다."

"어머, 어머… 나한테는 외국 유학 간다고 했는데……."

"제가 당부를 했죠. 그러니 그 두 분을 탓하지 말아주시기
바랍니다."

"어? 그럼 얼마 전에 사표 낸 우리 하 팀장도 설마?"

"예, 그분도 실무 준비단에 계십니다."

"……!"

"이제 식사가 나올 테니 그 전에 서명 부탁드립니다. 과학분
석실장님, 법무실장님."

"우워어!"

장혁과 채린이 몸서리를 쳤다. 이토록 치밀할 줄은 상상도 못 했던 두 사람이었다.

"멋지네요."

서명이 끝나자 창하가 조직표를 보며 감회에 젖었다. 마침내 조직 구성에 종지부를 찍었다. 제반 시설과 법적인 측면도 완벽했다. 남은 건 정식 출범뿐이었다.

"레일라!"

개원식 하는 날 아침, 일찍 일어나 여러 정보를 체크하던 창하가 레일라를 키스로 깨웠다. 그러자 레일라가 창하를 당겨 침대 패드 안으로 이끌었다.

"깨어 있었어요?"

그녀의 가슴 위에서 창하가 물었다.

"네, 당신이 올 때를 기다리고 있었죠."

"깜짝 이벤트라도 있어요?"

"있죠."

"궁금하네?"

"바로 이거예요."

그녀의 키스가 창하의 입술에 세 번 작렬했다.

쪽— 쪽— 쪽!

"한국의 시를 보다보니 그런 글귀가 있더라고요. 한 잔은

너를 위하여, 또 한 잔은 나를 위하여… 그것처럼 처음 것은 당신을 위해, 두 번째 것은 우리의 사랑을 위해, 마지막은 법과학공사의 미래를 위해 보내는 행운의 삼 세 판 키스예요. 이제부터 우리는 지구에서 가장 바쁘고 가장 행복한 부부가 될 거예요."

"흐음, 그런 시를 다 알다니… 레일라도 이제 한국 사람 다 되었네요."

"그렇죠?"

"좋아요. 그다음에는 우주를 정복하러 가자고요."

"당신다운 말이에요. 기왕이면 우주 법의학도 한번 해봐야죠?"

레일라의 보너스 키스가 작렬했다. 그 손을 잡고 일어나 준비를 했다. 개원식에는 대통령도 참석을 한다. 초청에 응한 유명 인사가 500명이 넘었으니 개원식 준비단에만 200명의 직원이 투입되어 있었다.

"아, 협의 중이던 의뢰들은 정식 체결이 되었나요?"

욕실로 향하던 레일라가 물었다.

"아직은 비밀입니다."

"좋아요. 그 비밀까지는 허락해 줄게요."

윙크를 남긴 레일라가 욕실로 들어갔다.

'선생님…….'

혼자 남은 창하가 방성욱의 백택의 메스를 꺼내 들었다. 신이한 메스는 아직도 날이 무뎌지지 않았다. 그와의 기이한 인연은 결국 오늘까지 이어졌다. 60년 주기의 미궁 살인을 종식하고 결국 법의학의 새로운 장까지 열어젖힌 것이다.

'하지만……'

창하는 메스를 작은 상자 안에 내려놓았다.

탁!

뚜껑이 닫혔다. 그걸 가슴으로 안으며 중얼거렸다.

「완전범죄는 없다. 초동수사에 실패한 수사와 어설픈 법의학의 합작이 있을 뿐이다.」

「의학은 병자를 구하고 법의학은 죽은 자를 구한다.」

법과학공사의 구호로 정한 표어를 떠올렸다. 가슴이 뜨끈 달아올랐다.

―선생님.

―이제부터는 제 힘으로 갑니다. 그동안 수고하셨으니 선생님은 이제 제 안에서 지켜보기만 하세요.

창하의 다짐이었다. 어느새 방성욱의 능력을 넘어선 창하. 오롯이 자신의 힘으로 새 길을 가기로 결심한 것이다.

"대통령님 오십니다."

법과학공사의 정문 앞, 창하 곁에 포진한 채린과 장혁, 피경철 등이 합창을 했다. 행사장 안은 이미 각계각층의 귀빈들로 발 디딜 틈도 없이 가득 차 있었다. 그 마지막 화룡점정을 찍어줄 대통령. 그분의 등장이었다.

"이 원장님."

차에서 내린 대통령이 창하 손을 잡았다.

"와주셔서 영광입니다."

"천만에요. 법의학 하나로 세계의 중심을 이루어냈으니 저야말로 영광입니다."

"다 대통령님의 지원 덕분입니다."

"무턱대고 지원한 게 아닙니다. 다른 대통령이라도 그랬을 테니까요."

"더 정진하겠습니다."

"그래주세요. 이 원장이 지금처럼, 내가 늙은 후의 회고록 속에서도 자랑이 될 수 있도록."

대통령의 손이 어깨로 올라왔다. 청계산을 갓 넘어온 햇살처럼 포근한 손길이었다.

"존경하는 내외 귀빈 여러분."

내빈 축사에 이어 마침내 창하가 연단에 올랐다.

짝짝짝!

내빈들의 박수가 뜨겁게 쏟아졌다.

"대통령을 위시해 귀한 시간 내주신 귀빈들에게 진심으로 감사를 전합니다. 이제 저희 법과학공사는 여러분을 증인으로 모시고 세계 최고를 지향하는 법과학 전문 집단으로 거듭날 각오를 전하고자 합니다."

창하가 열변을 토했다. 연단 아래의 모두는 귀를 세우고 경청했다.

서필호가 웃는다. 피경철도 웃는다. 그동안 물심양면으로 지원해 준 국회의원들과 재벌, 창하의 도움을 받았던 유족들도 뿌듯한 표정이었다.

창하의 연설은 총알처럼 종착역을 향해 달려갔다.

"이에 국내적으로는 6.25 전사자의 유해 발굴 사업 전체에 대한 계약을 체결했으며 세계적으로도 125개국과 전쟁 유해, 대형사고 등에 대한 발굴 업무 MOU를 체결했습니다."

"……"

"더불어 오늘 개원에 맞춰 저희 법과학공사와 체결된 특별한 의뢰 세 개를 소개하며 인사를 마칠까 합니다. 내외 귀빈 여러분은 화면을 주목해 주시기 바랍니다."

창하가 강단 뒤의 벽을 가리켰다. 거기 마련된 대형화면에 영상이 들어오기 시작했다.

"아!"

"우와!"

"어엇!"

영상 속에 쓰인 글자를 본 귀빈들이 소스라쳤다. 모두가 벌린 입을 다물지 못한다. 그야말로 세기의 의뢰였다. 화면 위에서 반짝이는 세 의뢰는 다음과 같았다.

1) 케네디 살인범의 진위 여부
2) 영국 다이애나 왕세자비의 재부검
3) 히틀러 시신의 진위 여부

『부검 스페셜리스트』完